DE
L'INAUGURATION

DE LA
STATUE

DE

JEAN-JACQUES ROUSSEAU.

****

GENÈVE,
CHEZ LES PRINCIPAUX LIBRAIRES.

1855

L'OMBRE DE CALVIN

A

LA VÉNÉRABLE COMPAGNIE DES PASTEURS

DE GENÈVE,

SUR L'ÉRECTION D'UNE STATUE A LA MÉMOIRE DE J.-J. ROUSSEAU.

> L'homme n'est digne d'estime ni par l'esprit,
> ni par les talens, ni par les connaissances, ni
> même par le génie : il ne le devient que par le
> bon usage qu'il fait de ces dons du Créateur.

VÉNÉRABLES FRÈRES,

Quoique relégué dans les abîmes du Tartare, depuis le 27 mai 1564[1], je n'ai pas cessé de m'intéresser aux destinées de Genève. Ma sollicitude ne pouvait rester étrangère au dépérissement de la religion dans votre cité. J'apprends avec douleur que l'on s'occupe d'élever un monument à la mémoire d'un des ennemis les plus dangereux du Christianisme, et que la vénérable compagnie reste muette à l'aspect d'un pareil scandale ! Mais

[1] Date de ma mort.

ce qui remplit surtout mon âme d'amertume, c'est de voir que le corps des pasteurs se laisse entraîner à tout vent de doctrine, et que chacun s'égare dans les voies de son sens privé, semblables à des enfans qui ne savent ce qu'ils doivent croire. Ma correspondance avec le midi de la France, avec la Hollande, la Suisse et l'Allemagne, me donne l'affligeante conviction que les ministres de ces diverses églises se défient de la doctrine de ceux de Genève, et qu'ils ne voient dans la plupart d'entre eux que des sociniens et des déistes travestis en ministres du saint Evangile; d'où plusieurs concluent que vous n'en continuez les fonctions, malgré des principes si opposés à son esprit, que pour les avantages temporels attachés à ce ministère.

J'ai communiqué le sujet de mes vives et trop justes alarmes à mes dignes assesseurs, les bien-aimés frères Guillaume Farel, Antoine Saunier, Antoine Froment, Pierre Viret et Théodore de Bèze. Comme Pluton a eu l'attention de les loger tous dans mon voisinage, j'ai eu la facilité de les réunir pour conférer avec eux sur l'état affligeant de votre église. Après avoir recueilli leurs suffrages, j'ai résolu de vous adresser, vénérables Frères, des observations sur deux objets qui méritent, de votre part, l'attention la plus sérieuse. Ces deux points sont : *l'inauguration de la statue de Rousseau*, et la *décadence des principes religieux dans le sein de la vénérable compagnie*.

DE

L'INAUGURATION

DE LA

STATUE DE J.-J. ROUSSEAU.

1° N'est-ce pas s'écarter des principes de l'égalité, sur lesquels est fondée notre république, que d'élever une statue à la mémoire d'un citoyen, quel que puisse être son mérite ?

Depuis trois siècles, Genève a compté parmi ses citoyens des hommes distingués par leurs talens et par leurs connaissances, des hommes qui ont rendu des services importans à la patrie : les uns par la sagesse d'une administration paternelle, les autres par le zèle et l'habileté qu'ils ont montrés dans des négociations délicates. Leurs noms sont inscrits dans les registres de vos conseils. A aucune époque, cependant, l'on n'a eu la pensée d'honorer leur mémoire par des monumens [1] : l'on aurait craint d'ouvrir carrière à l'orgueil et à l'ambition, en flattant l'amour-propre. L'on s'est borné à leur décerner des ré-

---

[1] Il est fâcheux que les sages réflexions que M. le professeur Duvillard publia en 1828, sur le projet d'ériger une statue à Rousseau, aient été dédaignées.

compenses pécuniaires et à leur exprimer la reconnaissance de la patrie. A une date récente , lorsque Genève a
recouvré son indépendance politique et a reçu un accroissement de territoire, M. Charles Pictet, qui a puissamment contribué au succès de ces opérations diplomatiques,
a-t-il obtenu d'autres récompenses que des remercîmens ,
et une somme d'argent bien modique, 5,000 francs ?

Demandez à vos concitoyens, vénérables Frères, quels
sont les services rendus à la patrie par Jean-Jacques Rousseau. Ils ne doivent pas être très-flattés de lire , dans ses
Lettres de la Montagne : « *que Genève lui doit sa gloire*
« *et son illustration, et qu'avant lui, ses compatriotes*
« *avaient honte du nom genevois.* » Ces louanges, que
Rousseau se donne *modestement*, prouvent qu'il s'aimait
beaucoup lui-même, mais non qu'il ait tendrement aimé
sa patrie : s'il l'eût aimée, l'aurait-il quittée dès l'âge de
quinze ans pour vagabonder en Savoie, en Piémont, en
France, en Suisse, en Angleterre? aurait-il préféré de
vivre partout ailleurs qu'à Genève [1]? se serait-il, en quelque sorte, glorifié d'être resté étranger au pays qui l'avait
vu naître ? « Pour moi, dit-il [2], n'ayant pas habité la ville,
« et n'ayant fait aucune fonction de citoyen, je n'en ai
« point prêté le serment. » S'il eût aimé sa patrie, aurait-
il fait tout ce qui pouvait dépendre de lui pour y allumer
le flambeau de la guerre civile, en écrivant ses *Lettres de
la Montagne?* aurait-il appelé la haine et le mépris sur
des magistrats respectables, en employant contre eux les
dérisions les plus amères et les sarcasmes les plus vio-

---

[1] Lorsqu'il accompagna la citoyenne Merceret, femme-de-chambre de
Mme de Warens, qui retournait à Fribourg, il traversa Genève sans
s'y arrêter un instant, et sans y voir ni parens, ni amis.

[2] 4e Lettre de la Montagne.

lens [1]? On dirait que Rousseau, dans ses *Lettres de la Montagne*, a voulu expier les éloges flatteurs qu'il avait donnés aux magistrats de la république de Genève, dans la dédicace qu'il leur fit de son *Discours sur l'origine et les fondemens de l'inégalité parmi les hommes*.

2° Est-il sage, sous le rapport de la paix intérieure, de rafraîchir, de consacrer, de perpétuer, par un monument, la mémoire de l'auteur des *Lettres de la Montagne?*

Dans les années de douloureux souvenirs, 1793, 1794, 1795, Genève s'est associée aux malheurs de la première révolution française ; Genève a eu ses Comités révolutionnaires, elle a subi le joug des proscriptions, des emprisonnemens et des spoliations ; elle a été condamnée à voir couler, dans ses bastions, le sang de ses citoyens les plus estimables et de ses plus sages magistrats.

Dans les années 1814, 1815 et 1816, des hommes pacifiques et réparateurs n'ont rien négligé pour cicatriser ces plaies, et pour rapprocher les esprits par l'oubli du passé. Les vrais amis de la patrie ne doivent-ils pas comprendre combien il est peu sage de remettre en scène Rousseau, dont le nom et les doctrines ne furent pas, à cette époque déplorable, sans influence sur les funestes événemens qui se passèrent dans vos murs? Pourquoi, et à quelle fin utile, rappeler la première inauguration qui fut faite de son buste [2] dans un lieu où vous ne pouvez vous aller promener, sans avoir à répandre des larmes de regret et d'expiation? pourquoi placer, sous les yeux de la génération actuelle et des générations futures, la statue d'un homme qui, par ses écrits, a contribué, plus que personne peut-être, aux prises d'armes et aux mouvemens populaires.

[1] 2ᵉ Lettre de la Montagne.
[2] Ce vœu fut émis en 1793!

dont le récit remplit les pages de l'histoire de Genève depuis le milieu du siècle dernier? En 1762, Genève éprouva des troubles civils très-graves, à l'occasion de l'arrêt du Conseil qui condamna l'*Emile* et le *Contrat social* de J.-J. Rousseau. Ils durèrent six ans, avec des vicissitudes sérieuses et alarmantes. Les deux partis inondèrent la ville et l'étranger d'écrits polémiques.

Nouveaux troubles dans les années 1768, 1770, 1776, 1782, 1788, 1789, 1791, 1792, 1793, 1794, 1795, 1796 [1].

5° La prévoyance des événemens politiques, qui peuvent survenir en Europe, ne devrait-elle pas, au moins, faire ajourner l'érection d'un monument à la mémoire de l'auteur du *Contrat social?*

Il n'est aucun homme d'état en Europe, aucun observateur judicieux, qui ne soit aujourd'hui convaincu que les doctrines exposées dans cet ouvrage ont été des semences de révolution, jetées au sein de tous les gouvernemens. Aussi, dans toutes les contrées qui ont subi le joug d'une révolution, Rousseau a-t-il été proclamé et invoqué comme le patron et le guide des *régénérateurs?* Son *Contrat social* est devenu l'évangile et le catéchisme de la *jeunesse pensante.*

Le combat entre les anciennes et les nouvelles doctrines, sur le principe constitutif des gouvernemens, est loin de toucher à sa fin : le champ de bataille restera encore long-temps ouvert; et qui peut prévoir toutes les secousses, tous les déchiremens qui menacent les sociétés humaines?

[1] *Histoire de Genève*, par M. Picot, tome III; — *Tableau historique et politique des révolutions de Genève dans le 18ᵉ siècle*, par M. F. Divernois; — *Tableau historique et politique des deux dernières révolutions de Genève*, par le même.

Dans cet état de choses, Genève ne doit-elle pas craindre de compromettre ses destinées, si le parti *du mouvement* et *du progrès* est vaincu? Je vous invite, vénérables Frères, à méditer les sages avertissemens, renfermés dans un Mémoire [1] que vous remit, dans le courant de l'été 1801, un de vos anciens magistrats les plus distingués par l'étendue de ses vues et par la perspicacité de sa prévoyance. Relisez, surtout, le paragraphe 4ᵉ; vous y trouverez des réflexions dignes de toute votre attention; j'en transcris ici quelques-unes:

« Qu'est-ce que Genève? rien par elle-même. Elle n'a
« subsisté que par l'opinion, que par l'intérêt que de gran-
« des puissances prirent à elle. Sa petitesse et leur jalousie
« sont les plus sûrs garans de son indépendance....Ména-
« geons donc cet intérêt, entretenons ce qui peut causer
« cette jalousie, si nous voulons conserver notre liberté.

« Si la royauté prévaut, il est difficile qu'elle soit bien-
« veillante envers les protestans qui ont montré qu'ils ne
« respiraient que la révolte; qui, de persécutés, sont de-
« venus persécuteurs....

« Long-temps avant la révolution, des gens très-versés
« dans l'histoire de France, ont été persuadés que, dans les
« guerres de religion, les protestans avaient formé le pro-
« jet de *républicaniser* la France, ce qui détacha d'eux
« des princes et de grands seigneurs. Ils disent que le

[1] Ce Mémoire est intitulé :

Essai politique sur l'importance de la religion réformée, pour maintenir à Genève l'indépendance et la liberté;

Dédié à la vénérable Compagnie des Pasteurs de l'église de Genève. 1796.

Ce Mémoire, rédigé en 1796, ne fut remis qu'en 1801 à M. le ministre Picot, doyen de la vénérable Compagnie.

« protestantisme est par essence ennemi de la monarchie.
« Préjugé accrédité par la conduite des protestans dans la
« révolution française....

« Prévention des grandes puissances contre les petites
« républiques, regardées comme l'école et l'arsenal des
« novateurs, comme le foyer de la révolution.... Leurs
« principes de démocratie, leur trompeuse neutralité,
« les vœux, malheureusement trop communs, contre la
« cause des rois, leur feront autant d'ennemis....

« Genève doit paraître plus odieuse que toute autre....
« En Allemagne, en Angleterre, en Italie, en Suisse,
« partout ailleurs qu'en France, il vaudrait mieux se
« dire J... que Genevois : qu'on juge, par les propos, par
« les humiliations.... de ce que Genève a droit d'attendre.

« Les coups de canon, tirés de nos remparts dans des
« occasions trop mémorables [1], ont retenti dans l'Eu-
« rope entière. Cent ans de discordes civiles, l'agiotage,
« les banqueroutes, les billets solidaires, nos malheurs
« et nos crimes nous sont imputés. La patrie de Rous-
« seau, de Clavière et de tant d'autres Erostrates, est de-
« venue si universellement odieuse ! »

Depuis le jour où M. Naville vous donnait ces conseils,
inspirés par une politique prévoyante, combien d'actes
authentiques ou cachés de votre gouvernement ont été en-
registrés dans le portefeuille des cabinets, régis d'après
les maximes de l'ancien droit public ! Pouvez-vous douter qu'ils ne résistent à l'établissement, dans leurs états,
du système représentatif, et au bouleversement des institutions mûries et justifiées par une longue expérience ?
Dans l'hypothèse du triomphe des monarchies, telles que

---

[1] En particulier, à l'époque de la condamnation de Louis XVI.

— 11 —

le temps les a faites, la statue de Rousseau ne s'élèvera-t-
elle pas contre Genève comme un terrible accusateur? Les mêmes puissances, auprès desquelles vous avez trouvé, en 1815, appui, protection et bienveillance, ne re-
gretteront-elles pas d'avoir dépouillé deux monarques
pour doter la patrie de Rousseau ; tandis qu'elles pri-
vaient Gênes et Venise d'une indépendance dont ces deux
républiques n'avaient point abusé pour troubler l'Europe?

Si jamais les rois reprennent la plume pour signer un
acte de confédération, ne devez-vous pas craindre qu'ils
écrivent à côté du nom de la patrie de Jean-Jacques le mot
irrévocable que Rome prononça contre Carthage? *de-
leatur* !

4° L'inauguration de la statue de Rousseau n'affaibli-
ra-t-elle pas, dans le cœur des citoyens, et surtout dans
l'esprit de la jeunesse, le respect pour les magistrats, dé-
positaires de l'autorité publique?

Cette conséquence fâcheuse est inévitable, puisque ce
monument, élevé en son honneur sous les auspices du
Conseil municipal et du Conseil d'état, semblera accuser
d'injustice le gouvernement qui, au milieu du siècle dernier [1], condamna deux de ses écrits, l'*Emile* et le *Contrat
social*, à être brûlés par la main du bourreau, et décréta
l'auteur de prise de corps. Ces ouvrages vous sont connus,
vénérables Frères. Il serait inutile de m'arrêter à justifier
la censure légitime qui en fut faite par le Conseil. Ils furent flétris, et avec raison, comme téméraires, scanda-
leux, pleins de blasphèmes et de calomnies contre la religion. L'auteur y a rassemblé, sous l'apparence de doutes,
tous les sophismes qui peuvent tendre à ébranler les prin-

[1] 19 juin 1762

cipes fondamentaux du Christianisme. Les parens et les amis de Rousseau firent beaucoup de démarches pour obtenir la révocation de ce jugement; mais le Conseil répondit : « que ce qu'il devait au maintien de la religion chré-
« tienne dans sa pureté, au bien public, aux lois et à
« l'honneur du gouvernement, l'ayant déterminé à porter
« cette sentence, il ne pouvait ni la changer, ni l'affai-
« blir. »

Dès ce moment, les magistrats devinrent l'objet de son courroux et de ses sarcasmes. « Que n'imprime-t-on pas à
« Genève, dit-il dans ses *Lettres de la Montagne* [1] ? que
« n'y tolère-t-on pas? Des ouvrages qu'on a peine à lire
« sans indignation s'y débitent publiquement ; tout le
« monde les lit, tout le monde les aime ; les magistrats
« se taisent, les ministres sourient ; l'air austère n'est plus
« du bon air. Moi seul et mes livres avons mérité l'ani-
« madversion du Conseil, et quelle animadversion ?...

« Quels sont ceux qui me poursuivent? quels sont ceux
« qui me défendent? de quel côté sont les mœurs, les ver-
« tus, la solide piété, le plus vrai patriotisme ?... »

Rousseau termine la 7ᵐᵉ lettre, écrite de la Montagne, par une odieuse diatribe contre le gouvernement de sa patrie. « Quand on considère les droits des citoyens et
« bourgeois, assemblés en Conseil général, rien n'est plus
« brillant ; mais considérez, hors de là, ces mêmes ci-
« toyens et bourgeois comme individus, que sont-ils, que
« deviennent-ils? Esclaves d'un pouvoir arbitraire, ils
« sont livrés sans défense à la merci de vingt-cinq des-
« potes : les Athéniens, du moins, en avaient trente. Et
« que dis-je, vingt-cinq? neuf suffisent pour un jugement

[1] 1ʳᵉ Lettre de la Montagne.

« civil, treize pour un jugement criminel. Sept ou huit,
« d'accord dans ce nombre, vont être pour vous autant de
« décemvirs; encore les décemvirs furent-ils élus par le
« peuple, au lieu qu'aucun de ces juges n'est de votre
« choix; et l'on appelle cela être libres! »

5° N'est-ce pas outrager la religion que d'ériger un monument, et un monument national, à la mémoire d'un
homme qui a vécu sans principes fixes, sans croyances et
sans culte?

Rousseau abandonna la religion dans laquelle il était
né et avait été élevé. Vingt ans après, il feignit de revenir à nous; mais ce ne fut que pour livrer les ministres
du St. Evangile à la dérision et au mépris. Ses liaisons
avec les impies les plus célèbres de son époque, avec
d'Alembert, Hume, Diderot, et plusieurs autres; sa sou-
scription pour la statue dédiée à Voltaire; ses divers écrits,
sa conduite tout entière, le placent bien moins sur la ligne des auteurs chrétiens que sur celle des déistes, et des
déistes qui dénaturent tout-à-fait les perfections du Créateur, et les droits sacrés qu'il a aux adorations et à la reconnaissance des hommes. Les pages éloquentes sorties de
sa plume, sur la beauté, la pureté de la morale évangélique, sur la sainteté, la noblesse, les charmes du caractère divin de Jésus-Christ, ne sont qu'un faible hom-
mage, arraché à sa raison et à son cœur : c'est un tribut
que la prudence et un reste de pudeur, au sein de l'Europe chrétienne, ne lui permettaient pas de refuser à une
religion qui a civilisé les peuples. Mais il y a loin de ces
éloges, dictés par le sentiment des convenances, à une
vraie et intime conviction. Et comment croire que Rousseau eût conservé la foi à la révélation, lorsqu'on le voit
constamment occupé à saper les fondemens sur lesquels

elle repose; lorsqu'on le voit classer les prophéties et les miracles sur la ligne des pieuses inventions, imaginées pour en imposer à la crédulité des esprits faibles et ignorans[1]? Peut-on croire à la vraie et intime conviction d'un homme qui ose reléguer parmi des opinions inutiles les mystères qui sont l'objet de la foi de toutes les nations chrétiennes? « Comment, dit-il dans ses *Lettres de la* « *Montagne*, le mystère de la Trinité, par exemple, « peut-il concourir à la bonne constitution de l'état? en « quoi ses membres seront-ils meilleurs citoyens, quand « ils auront rejeté le mérite des bonnes œuvres? et que « fait au lien de la société civile le dogme du péché ori- « ginel? »

Rousseau n'a-t-il pas hasardé des conjectures sacriléges sur l'intégrité du livre de l'Evangile? « Il n'est pas dé- « montré pour nous, dit-il dans ses *Lettres de la Mon-* « *tagne*, qu'il n'ait point été altéré. Qui sait, si les choses « que nous n'y comprenons pas, ne sont point des fautes « glissées dans le texte? qui sait, si des disciples, si fort « inférieurs à leur maître, l'ont bien compris et bien « rendu partout? » La Bible n'est, à ses yeux, qu'un ré- pertoire de faits et de maximes, dont chacun peut, à son gré, modifier, expliquer, rejeter ce qui déplaît à sa criti- que ou à sa raison. Parlant des miracles, attestés par les saintes Ecritures : « je ne les rejette point, dit-il; je ne « les admets pas non plus, parce que ma raison s'y re- « fuse, et que ma décision sur cet article n'intéresse point « mon salut. Nul chrétien judicieux ne peut croire que « tout soit inspiré dans la Bible, jusqu'aux mots et aux « erreurs. Ce qu'on doit croire inspiré est tout ce qui

---

[1] 2me et 5me Lettre de la Montagne.

« tient à nos devoir ; car, pourquoi Dieu aurait-il inspiré
« le reste[1] ? »

Depuis plus d'un demi-siècle, je vois avec surprise et
douleur, vénérables Frères, que vous, ainsi que vos de-
vanciers dans la chaire évangélique, ne vous êtes point
appliqués à faire comprendre et sentir aux chefs de famille tout ce qu'il y a de criminel et d'impie dans les paradoxes de Rousseau, qui, traçant un plan d'éducation
pour une bonne mère [2], lui conseille *de ne point parler
de religion à ses enfans pendant tout le premier âge*, et
qui ne rougit pas de lui proposer pour modèle *Emile qui,
à quinze ans, ne savait s'il avait une âme*; il ose ajouter :
*que peut-être, à dix-huit ans, il n'est pas encore temps
qu'il l'apprenne* [3]. Dépositaire des principes conservateurs
de la piété et des mœurs, votre premier devoir n'était-il
pas d'élever la voix de votre ministère contre ce blasphème,
qui tend à ravir à Dieu les prémices du cœur humain, et
à donner un démenti à cette parole touchante du Psal-
miste et du Sauveur du monde : *C'est de la bouche des
petits enfans et de ceux qui sont à la mamelle que vous
avez tiré la louange la plus parfaite* [4]. Vous avez laissé à
une mère de famille le mérite et l'honneur de rappeler
des vérités qui devraient être proclamées du haut des toits,
à une époque surtout où le véritable esprit de l'éducation
chrétienne est si généralement méconnu ! Il a fallu que
l'estimable auteur [5] de *l'Etude du cours de la vie* [6] sup-

---

[1] 5me Lettre de la Montagne.

[2] Préface de l'*Emile*.

[3] *Emile*, livre IVe.

[4] Ps. 8, v. iii. — Matth., c. 21, v. 26.

[5] Mme Necker de Saussure.

[6] *L'Education progressive*. Lausanne, 1834.

pléât au silence des anciens et des docteurs d'Israël, *dont les lèvres*, cependant, *doivent être les gardiennes fidèles de la science et de la loi de Dieu* [1]! Commencez au moins à réparer ce tort, en recommandant aux mères de famille la lecture de cet excellent ouvrage, qui honore tout à la fois l'esprit, le cœur et la conscience de celle qui l'a écrit.

« Il est dans l'éducation religieuse, dit Mme Necker,
« deux buts différens qu'il faut distinguer : celui d'inspi-
« rer à l'enfant des sentimens de piété, et celui de le met-
« tre en état de répondre à ceux qui voudraient le priver
« de ces sentimens, en niant la réalité de leur objet. Ces
« deux buts doivent être atteints, il n'y a pas de doute ;
« mais si vous attendiez le moment favorable pour mar-
« cher à l'un, vous auriez perdu celui d'arriver à l'autre.
« Il n'est pas du tout besoin de tendre à tous deux à la
« fois ; l'enfant n'est pas lui-même un incrédule à con-
« vaincre ; il est inutile, avec lui, d'accumuler les raison-
« nemens ; si vous suivez cette marche avant le temps,
« vous lui donnez une fausse science, je veux dire une
« science qui, pour être vraie, ne l'est pas à juste titre à
« son égard, puisqu'il est hors d'état d'apprécier la soli-
« dité des principes qui en sont la base [2].

« Développer le plus noble instinct de l'humanité, en
« lui imprimant une direction salutaire, donner à mesure
« au jeune enfant l'aliment religieux qui lui convient, en
« le proportionnant à ses progrès, voilà notre devoir, et
« des soins, par eux-mêmes si doux, auront le succès pour
« récompense. Mais plus nous attendrions, plus ce succès,

[1] Malach., c. I, v. 7.
[2] Ch. 7. Avantages d'un développement précoce dans le sentiment religieux.

« autrement infaillible, deviendrait incertain ou difficile
« à obtenir...

» Elève-t-on un pareil doute, quand il s'agit d'exciter
« quelque autre sentiment nécessaire ou seulement loua-
« ble ? Avez-vous attendu, pour rendre cher et sacré à
« votre fils le nom de père, qu'il sût au juste en quoi con-
« siste la paternité ? Ne lui avez-vous jamais prononcé avec
« amour le nom de sa patrie, avant qu'il pût se former
« l'idée de la relation de citoyen ? Vous ne voulez pas lais-
« ser à votre enfant la liberté d'être ingrat envers son pays,
« et vous lui ménagez en secret la possibilité d'être ingrat
« envers son Dieu ! . . . .

« Sans doute la religion, dans son ensemble, ne saurait
« être embrassée par l'esprit de l'enfant ; le cortége au-
« guste des vérités qui la composent ou s'y rallient, ne se
« déploie pas à ses faibles yeux ; mais tout ce qui est amour
« et consolation dans la piété, tout ce qui soutient, ra-
« nime, enflamme nos âmes, et peut encore les réchauffer
« sur les bords glacés du tombeau, tout cela, dis-je, est
« d'ancienne origine, et doit commencer avec nous... La
« religion dort dans le sein de l'enfant, si l'on peut le dire ;
« il faut moins la faire naître que la réveiller.... Deman-
« der s'il faut de la religion à un enfant, c'est mettre en
« question s'il en faut à l'homme. Si la religion a une
« date, si la naissance ne s'en perd pas dans les nuages de
« l'enfance, s'il est des souvenirs qui l'ont précédée, elle
« n'est plus la compagne inséparable de l'existence. De
« toutes les idées qui s'y rattachent, la plus propre à pu-
« rifier le fond du cœur, la persuasion de la présence de
« Dieu, n'a plus à la fois et la continuité d'une habitude
« et la profondeur d'une impression sans cesse renou-
« velées. . . . .

« La religion, qui pénètre le cœur dès l'enfance, prend
« la teinte heureuse de cet âge, et s'allie à ses innocens
« intérêts. Unie à tous les plaisirs, elle n'a rien de triste ;
« aux études, elle n'a rien d'étroit. La culture intellec-
« tuelle et la culture religieuse, obligées de marcher de
« front, suivent une direction commune, et se transmet-
« tent un caractère de raison et de sainteté. L'œuvre en-
« tière de l'éducation est facilitée. Ce qu'il y a dans l'âme
« de plus intime, le sentiment religieux, ajoute de la pro-
« fondeur aux affections de la nature. A peine la religion
« commence-t-elle à préluder dans le cœur, que, déjà fi-
« dèle à son beau nom, *elle lie*. Cette chaîne, qui attire
« les hommes à Dieu, nous ramène aussi nos enfans. Un
« sentiment de respect plus prononcé les soumet à notre
« autorité, et adoucit chez eux l'impression de nos ri-
« gueurs mêmes, en leur persuadant que nous ne sommes
« pas libres, et qu'une sévérité nécessaire est l'effet de
« notre obéissance à la loi commune. Nous sommes les re-
« présentans de l'Être suprême que nous adorons avec
« eux ; et de l'auguste idée d'un père céleste, il redes-
« cend sur celle des parens terrestres je ne sais quoi de
« sacré que l'imperfection humaine ne peut pas dé-
« truire. »

C'est de la bouche des membres de la vénérable Compagnie qu'auraient dû sortir ces judicieuses et touchantes
réflexions. Quand le devoir oblige de parler, le silence de-
vient un crime, et celui qui s'en rend coupable ne peut se
soustraire au reproche de lâcheté.

Prenez garde, vénérables Frères, qu'on ne vous appli-
que l'humiliante imprécation que le prophète Esaïe adres-
sait aux pasteurs mercenaires d'Israël : « Ce sont des chiens
« muets qui ne peuvent aboyer..... ce sont des pasteurs

« qui n'ont point d'intelligence : chacun suit sa propre
« voie [1]. »

6° Les ministres de l'Evangile pourront-ils désormais
monter en chaire en face de la statue de l'homme qui les
a, pour ainsi dire, mis au pilori de l'opinion publique;
qui les a signalés au monde chrétien comme des charla-
tans et des maquignons de la Parole de Dieu, qui ne
croient pas à ce qu'ils prêchent?

« L'Eglise de Genève, dit Rousseau dans sa seconde
« Lettre de la Montagne, paraissait depuis long-temps s'é-
« carter moins que les autres du véritable esprit du Chris-
« tianisme, et c'est sur cette trompeuse apparence que
« j'honorai ses pasteurs d'éloges dont je les croyais dignes;
« car mon intention n'était assurément pas d'abuser le
« public. Mais qui peut voir aujourd'hui ces mêmes mi-
« nistres, jadis si coulans et devenus tout-à-coup si rigides,
« chicaner sur l'orthodoxie d'un laïque, et laisser la leur
« dans une si scandaleuse incertitude? On leur demande
« si Jésus-Christ est Dieu, ils n'osent répondre; on leur
« demande quels mystères ils admettent, ils n'osent ré-
« pondre. Sur quoi donc répondront-ils, et quels seront
« les articles fondamentaux, différens des miens, sur les-
« quels ils veulent qu'on se décide, si ceux-là n'y sont
« pas compris?

« Un philosophe jette sur eux un coup-d'œil rapide; il
« les pénètre, il les voit Ariens, Sociniens, il le dit,
« et pense leur faire honneur; mais il ne voit pas qu'il
« expose leur intérêt temporel : la seule chose qui, géné-
« ralement, décide, ici-bas, de la foi des hommes.

« Aussitôt, alarmés, effrayés, ils s'assemblent, ils dis-

____
[1] Ch. 56, v. 10, 11.

« eutent, ils s'agitent, ils ne savent à quel saint se vouer;
« et, après force consultations, délibérations, conféren-
« ces, le tout aboutit à un amphigouri où l'on ne dit ni
« oui, ni non, et auquel il est aussi peu possible de rien
« comprendre qu'aux deux plaidoyers de Rabelais. La
« doctrine orthodoxe n'est-elle pas bien claire, et ne la
« voilà-t-il pas en de sûres mains...?

« Ce sont, en vérité, de singulières gens que messieurs
« vos ministres! on ne sait ni ce qu'ils croient, ni ce
« qu'ils ne croient pas; on ne sait pas même ce qu'ils font
« semblant de croire. Leur seule manière d'établir leur
« foi, est d'attaquer celle des autres; ils sont comme les
« Jésuites, qui dit-on, forçaient tout le monde à signer
« la constitution, sans vouloir la signer eux-mêmes. Au
« lieu de s'expliquer sur la doctrine qu'on leur impute,
« ils pensent donner le change aux autres églises, en
« cherchant querelle à leur propre défenseur; ils veulent
« prouver par leur ingratitude qu'ils n'avaient pas besoin
« de mes soins, et croient se montrer assez orthodoxes
« en se montrant persécuteurs.

« De tout ceci je conclus qu'il n'est pas aisé de dire en
« quoi consiste, à Genève, aujourd'hui, la sainte Réfor-
« mation. Tout ce qu'on peut avancer de certain sur cet
« article est, qu'elle doit consister principalement à reje-
« ter les points contestés à l'Eglise romaine par les pre-
« miers réformateurs, et surtout par Calvin. »

7° Le monument, élevé à la gloire de Rousseau, offre-
t-il aux chefs de famille quelque avantage, sous le rapport
moral, pour donner à leurs enfans des leçons de vertus,
leur présenter un modèle à imiter dans les divers âges de
la vie? Pourront-ils leur dire avec confiance et sécurité :
« Lisez les écrits sortis de sa plume, marchez sur ses tra-

« ces, vous vous rendrez agréables à Dieu, utiles à la so-
« ciété; vous ferez notre gloire et notre consolation ; vous
« assurerez votre bonheur ici-bas et vos destinées éter-
« nelles? » Malheureusement, l'esprit dont les ouvrages
de Rousseau sont empreints, et la conduite qu'il a tenue,
dès son enfance jusqu'à la porte du tombeau, ne permettent pas aux parens de dire à leurs enfans, en dirigeant
leurs regards vers sa statue : « Voilà le maître que vous
« devez écouter, et le guide dont les exemples vous retra-
« ceront les devoirs que vous aurez à remplir à toutes les
« époques de la vie. »

Un père de famille dira-t-il à son fils : *Lisez les discours de Rousseau sur l'origine et les fondemens de l'inégalité parmi les hommes?* Ce serait jeter dans l'âme de
son fils des semences de murmures contre les dispositions
de la Providence qui, dans des vues de sagesse toujours
adorables, a permis cette prodigieuse disproportion qui
existe entre les diverses classes de la société. Il est difficile qu'un jeune homme, en lisant cet ouvrage, ne se
laisse entraîner à des sentimens de mécontentement de sa
situation domestique et de son existence sociale. Il se
créera dans son imagination un ordre de choses chiméri-
que, et croira faire preuve de talent et de vraie philoso-
phie en blâmant et en dédaignant les institutions de son pays.

Un père qui désirera encourager son fils à la culture
des sciences et des lettres, mettra-t-il dans ses mains le
discours que composa Rousseau sur la funeste influence
des sciences et des arts? Il remplirait ainsi son esprit de
sophismes et de préjugés, qui l'empêcheraient d'apprécier les précieux avantages, les douces consolations qu'un
homme judicieux et sage peut se procurer dans cette carrière, illustrée par tant de lumières et par tant de vertus.

Lui ouvrira-t-il le *Contrat social* pour l'initier aux principes du droit politique? Ce serait lui livrer une arme offensive, dont il est bien rare que l'on n'abuse pas pour attaquer les institutions les plus respectables, consacrées par l'autorité des anciens et justifiées par l'expérience des siècles.

Le père qui aura à cœur de diriger l'éducation de son fils d'après des principes solides, pour régler son cœur, sa conscience et sa conduite, pour le préserver des écarts de l'imagination, et le prémunir contre l'entraînement des passions, ira-t-il chercher des conseils et une méthode dans *l'Emile?* S'il en croit Rousseau lui-même, il se gardera bien de confier son fils à un pareil guide. M. Angar, présentant son fils à Jean-Jacques, lui dit : *Vous voyez un père qui a élevé son enfant selon les principes qu'il a puisés dans votre Emile. — Tant pis pour vous et pour votre fils !* répondit le philosophe.

Une mère chrétienne conduira-t-elle sa fille à l'école de *la Nouvelle Eloïse,* pour qu'elle y puise des leçons de pudeur et de vertu? L'auteur de ce dangereux roman prévient lui-même les mères que leurs filles n'y trouveront qu'un poison mortel. « Jamais fille chaste n'a lu de « roman, dit Rousseau[1], et j'ai mis à celui-ci un titre as- « sez décidé pour qu'en l'ouvrant on sût à quoi s'en tenir. « Celle qui, malgré ce titre, en osera lire une seule page, « est une fille perdue; mais qu'elle n'impute point sa perte « à ce livre : le mal était fait d'avance. Puisqu'elle a com- « mencé, qu'elle achève de lire : elle n'a plus rien à ris- « quer.[2] »

---

[1] Préface de *la Nouvelle Héloïse.*

[2] Mme de Staël, qui n'eut jamais la réputation de prude ni de dévote, et qui porta l'admiration pour Rousseau jusqu'à l'excès de l'enthousiasme,

Après un tel aveu, Rousseau peut être justement accusé
d'avoir écrit ce roman dans la perversité de son cœur ; car
enfin, puisqu'il en prévoyait les funestes effets, la société
a droit de lui demander pourquoi il a perdu son temps à
l'écrire. Il était trop judicieux et connaissait trop bien le
cœur humain, pour n'avoir pas compris que, dans les
romans, même les plus décens, le triomphe de la vertu
n'est jamais qu'apparent et passager, et que les fruits de
la victoire sont toujours au profit de la passion.

Ses *Confessions* sont des bulletins *d'une dévergondée* ;
elles vérifient le jugement que l'apôtre Paul a porté des
philosophes païens[1] : *se disant sages, ils sont devenus
fous.... Dieu les a livrés aux convoitises de leur cœur.....
et à des passions honteuses.*

Qu'on place en regard des *Confessions* du philosophe
d'Ermenonville celles du fils de Monique. Dans combien
de cœurs la lecture des *Confessions d'Augustin* a jeté les
semences fécondes du repentir, de l'amour divin et de la
pratique de toutes les vertus ! Mais citera-t-on une seule
âme innocente que les *Confessions de Rousseau* n'aient
souillée, ou un seul cœur corrompu dont elles n'aient
augmenté la dépravation[2] ?

a dit : « Le mal que ce roman peut faire aux jeunes filles encore inno-
« centes, est plus certain que l'utilité dont il pourrait être à celles qui
« ne le sont plus. » (*Lettres sur.les ouvrages et le caractère de J. J.
Rousseau.* **Paris**, 1798.)

[1] Rom., c. i, p. 22 et suiv.

[2] « Il y a des traits dans les *Confessions* de Rousseau, dit Mme de
« Staël, qui révoltent les âmes nobles.... On serait tenté de les prendre
« pour des actes de folie, pour des absences de tête.... De tous les
« vices, il est vrai, la bassesse est celui qui inspire le moins d'indul-
« gence ; l'excès d'une seule qualité peut être l'origine de tous les autres,
« celui-là seul naît de la privation de toutes. » (*Lettre 6e sur le caractère de Rousseau.*)

Un tort de Rousseau, bien grave, dans tous ses écrits,
est d'avoir rendu problématiques et les principes de la foi
et les préceptes de la morale, sur lesquels reposent le bonheur de la vie privée, les vertus domestiques, la dignité
et la sainteté de l'union conjugale, la piété filiale, les devoirs de la sollicitude et de la tendresse paternelle, la
pureté des mœurs, la soumission aux gouvernemens éta-
blis, la stabilité de l'ordre social, l'obligation imposée à
l'homme de réprimer, dès son enfance, les penchans d'une
nature dépravée. Se croyant plus sage que l'Esprit-Saint,
qui nous enseigne *que la crainte de Dieu est le commen-
cement de la sagesse*, il affranchit l'homme de ce joug
salutaire pendant les premières années de sa jeunesse, et
il attend que les passions précoces se soient déjà emparées
de son âme, avant d'élever la digue qui aurait pu prévenir l'irruption du torrent. Sous sa plume, tout prend une
nuance équivoque ; tout est paradoxal ou contradictoire.
Il condamne le duel, et il en fait ensuite l'apologie. Il écrit
contre les spectacles, comme corrupteurs de l'innocence
et des bonnes mœurs, et cette lettre *dégoutte du poison
de la volupté*[1]. A ses yeux le suicide est une lâcheté, et

[1] Pour ma part, dit l'auteur de la *Revue de Paris* (nouvelle série,
année 1834, tome VII, page 339 et 240), si j'avais une fille, j'aimerais
mieux la mener à l'*Auberge des Adrets* (pièce de théâtre), cette terreur
de nos députés, voire même au redoutable *Antony* (autre pièce de
théâtre), que de lui mettre entre les mains des livres, si étrangement as-
saisonnés de morale et d'excitation à la concupiscence. Du reste,

A J.-J. ROUSSEAU,

ENNEMI DU THÉÂTRE ET FAISEUR DE PIÈCES ;

A J.-J. ROUSSEAU,

AUTEUR DANGEREUX DE LA NOUVELLE HÉLOÏSE ;

A J.-J. ROUSSEAU,

PERFIDE AUTEUR DU CONTRAT SOCIAL ;

il y aurait à demander un compte encore plus rigoureux, et non-seule-

il le représente comme un acte de courage. Il est bien remarquable (et à la honte de Rousseau) que des deux lettres pour et contre le suicide, celle qui condamne ce
crime est inférieure à celle qui le justifie[1]. Un écrivain
judicieux a dit avec raison *que celui qui a pris pour de-
vise :* Vitam impendere vero, *n'a peut-être pas laissé
après lui une vérité utile au genre humain.* Les éloges
qu'il donne à la vertu dans ses écrits ressemblent
aux phrases d'un charlatan, parce qu'il les a constamment démentis dans sa conduite. Il dit dans son
Emile[2] : « Celui qui ne peut remplir les devoirs de père
« n'a point de droit de le devenir. Il n'y a ni pauvreté, ni
« travaux, ni respect, qui le dispensent de nourrir ses
« enfans et de les élever lui-même. » Et l'homme, qui
a prononcé cette condamnation, n'hésite pas à faire ex-
poser à l'hospice des Enfans-Trouvés les cinq enfans
dans les veines desquels coule son propre sang ! »

Des écrits de Rousseau, je passe aux habitudes de sa
vie, vénérables Frères ; et je demande encore si un père
de famille aura le courage de conduire son fils aux pieds
de sa statue et de lui dire : « Considérez attentivement le
« modèle que vous avez sous vos yeux, et appliquez-vous
« à en retracer tous les traits, dans les diverses circons-

---

ment de toutes les femmes qu'il a perdues, mais de tous les hommes qu'il
a fascinés, égarés et précipités dans l'abyme de ses paradoxes.

[1] Cette réflexion est de Mme de Staël, dans ses *Lettres sur les ouvrages de Rousseau.* Elle essaie d'expliquer cette choquante contradiction, qui est toute au préjudice de la morale : « Soit, dit-elle, que l'hor-
« reur naturelle et l'instinct de la conscience fassent la force de la sage
« opinion qui condamne le suicide, plus que le raisonnement même ;
« soit que Rousseau se sentit né pour être malheureux, et craignît de
« s'ôter sa dernière ressource en se persuadant lui-même. »

[2] Liv. I.

« tances où vous vous trouverez. » Que l'on suive le Mentor d'*Emile*, dès ses premiers pas dans la carrière de la vie, jusqu'au moment où il ose attenter au droit du Créateur, en tranchant le fil de ses jours ; et que l'on nous dise si un père de famille estimable serait bien aise que ses enfans marchassent sur les traces de Rousseau !

Dans son bas-âge, fut-il un modèle de piété filiale ? Il s'évada de la maison paternelle à l'âge de quinze ans ; il n'y reparut que pendant quelques momens, se rendant d'Annecy à Lausanne : il salua son père réfugié à Nyon, et continua sa route. Plus tard, il ne fit une course à Genève que pour recueillir la succession de sa mère, à laquelle il n'alla pas même rendre une visite pendant sa maladie, pour lui donner des soins et pour lui demander sa bénédiction.

Jusqu'à l'âge de vingt ans, ses habitudes et ses goûts furent ceux d'un jeune aventurier sans délicatesse et sans retenue, qui ne se plaît que dans la mauvaise compagnie, et qui court le monde sans réflexion et sans but [1]. *La fai-*

---

[1] A l'âge de quinze ans, il quitte son maître d'apprentissage, vagabonde dans les environs de Genève, se rend à Annecy, s'associe à un homme et à une femme sans aveu, pour aller à Turin, passe quelques mois dans l'hospice des catéchumènes. Au sortir de cette maison d'asile, il cherche un gîte chez la femme d'un soldat, qui retirait, à un sou par nuit, les domestiques hors de service. Il endosse la livrée de laquais, se fait chasser au bout de peu de temps, pour cause de vol. Il retourne chez son ancienne hôtesse, la femme du soldat. Après avoir erré pendant quelques semaines dans l'oisiveté, il entre au service d'une famille respectable, qui le traite avec bonté ; il ne sait pas apprécier son bonheur : il néglige tous ses devoirs, s'absente presque habituellement de la maison, dédaigne les avis paternels qu'on lui donne et se fait encore renvoyer. Il se lie d'étroite amitié avec un

néantise, le mensonge et le vol devinrent ses vices favoris (ainsi qu'il l'avoue lui-même dans ses *Confessions*). *Sa friponnerie ne se bornait pas aux comestibles, elle s'étendait à tout ce qui le tentait.*

Aux autres époques de sa vie, Rousseau rachète-t-il les écarts de sa première jeunesse par des sentimens nobles, par des qualités estimables, par des vertus domestiques et sociales, qui distinguent les âmes bien nées, et tout homme d'honneur, jaloux d'une réputation pure et sans tache ? L'ingratitude est un des vices les plus bas et les plus odieux ; il nous est pénible d'être réduits à le reprocher à un homme qui se piquait de sensibilité, et dont on a vanté, jusqu'à l'engouement, les sentimens généreux. Ses apologistes et ses admirateurs le peuvent-ils justifier de ses étranges procédés envers presque tous ses bienfaiteurs auxquels il devait de la reconnaissance ; envers Mme de Warens, qui lui servit de mère pendant plusieurs années, et dont il révèle à l'univers entier les coupables faiblesses ; — envers le professeur qui lui avait enseigné le latin ; — envers l'évêque d'Annecy, qui lui avait témoigné de la

jeune Genevois, nommé Bâcle, qu'il rencontre dans les rues de Turin : c'était un batteur de pavé. Rousseau avait reçu de son dernier maître une fontaine de héron ; il crut que c'était pour lui une bonne fortune : il s'en servit pour amuser, dans les cabarets, les hôtesses et leurs servantes. Quelques années après, courant la Suisse, il rencontre dans un cabaret un homme à grande barbe, qui se dit l'Archimandrite de Jérusalem, et qui lui offre le *poste glorieux* de son interprète. Rousseau l'accepte, et l'on se met en route dès le lendemain matin pour Jérusalem. Mais, en traversant Soleure, l'Archimandrite est arrêté tout-à-coup. Jean-Jacques, qui se donnait pour Parisien, est conduit chez l'ambassadeur de France ; il se jette à ses pieds, confesse sa fraude ; on a compassion de lui, et on lui accorde l'hospitalité dans la maison.

bienveillance ; — plus tard, à Paris, envers MM^{mes} d'Epinay et d'Houdetot, sacrifiant à ses passions les droits sacrés de l'hospitalité et la discrétion de l'amitié ; — envers l'historien Hume, qui lui avait procuré une retraite agréable en Angleterre, et qui avait employé tout son crédit pour lui faire accorder une pension par le roi [1] ; — envers M. Davenport, qui l'avait comblé de témoignages d'égards et d'intérêt, pendant le séjour qu'il fit dans sa maison ; il le quitta brusquement, en laissant, pour tout adieu, une lettre de reproches ; — envers le maréchal Keith, qui avait eu la générosité de le gratifier d'une pension, et avec lequel il se brouilla, ne payant les bienfaits de ce noble vieillard que d'ingratitude.

Prenez Rousseau dans la maturité de l'âge. Etrange modèle à présenter à la jeunesse ! quels penchans bas et ignobles n'a-t-il pas montrés, pendant trente-trois ans, dans ses rapports avec Thérèse Levasseur, sa domestique, dont il a eu cinq enfans, sans aucun mariage, ni civil, ni religieux ; avec cette créature, dépourvue de tout ce

---

[1] « Tout le monde sait que M. Rousseau, proscrit de tous les lieux « qu'il avait habités, s'était enfin déterminé à se réfugier en Angle-« terre, et que M. Hume, touché de sa situation et de ses malheurs, « s'était chargé de l'y conduire, et était parvenu à lui procurer un asile « sûr, commode et tranquille. Mais peu de gens savent combien de chateur, d'activité, de délicatesse même, M. Hume a mis dans cet acte « de bienfaisance ; quel tendre attachement il avait pris pour ce nouvel « ami que l'humanité lui avait donné ; avec quelle adresse il cherchait à « prévenir ses besoins, sans blesser son amour-propre ; avec quel zèle « enfin il s'occupait à justifier aux yeux des autres les singularités de « M. Rousseau, et à défendre son caractère contre ceux qui n'en ju-« geaient pas aussi favorablement que lui. » (*Exposé succinct de la contestation entre Hume et Rousseau, avec les pièces justificatives.* — *Préface des Editeurs.*)

qui pouvait fixer les regards et captiver le cœur d'un homme bien né ; créature mercenaire, dont il avait fait la connaissance à Paris, lors de son premier voyage, dans une auberge obscure, où il logea, et où cette fille était servante ; créature si ignorante qu'il ne put jamais, malgré ses soins, lui apprendre à bien lire, ni à connaître un seul chiffre, pas même les heures d'un cadran et les douze mois de l'année. Et cependant cette créature exerça, depuis l'année 1745 jusqu'à l'année 1778, l'influence la plus constante et la plus impérieuse sur tous les instans de l'existence d'un homme qui prétendait lui-même influer sur son siècle [1] !

Rousseau, dont les philosophes modernes ont célébré le respect pour les bonnes mœurs, a eu cinq enfans, fruits malheureux d'un honteux et criminel concubinage avec une stupide mercenaire qu'il avait prise à son service. Ces cinq enfans, il les a fait déposer dans un hospice public, en étouffant tout à la fois la voix de la nature et le cri de la religion [2] ! Ses admirateurs ont essayé de le laver de cette turpitude, et d'excuser dans leur héros une infamie dont rougirait un crocheteur. Ils ont espéré donner le change à l'opinion publique, en exaltant les phrases éloquentes qu'il a *élaborées* pour encourager les mères à al-

---

[1] « Il y a dans tous ceux qui ont connu Thérèse Levasseur un concert d'expressions de mépris. *Thérèse Levasseur*, dit Mme d'Épinay dans une de ses lettres à Grimm, *était une fille jalouse, bête, bavarde et menteuse.* —*Cette Thérèse, si méchante, si querelleuse, si bavarde*, écrivait Hume, *mais qui a sur cet homme l'empire d'une nourrice sur son enfant.*—*L'indigne femme qui passait sa vie avec lui*, dit Mme de Staël, *était d'un abominable caractère.* (Lettres sur Rousseau.)

[2] « Le plus grand reproche qu'on puisse faire à sa mémoire, dit Mme « de Staël, celui qui ne trouvera point de défenseurs, c'est d'avoir aban-«donné ses enfans. » (*Lettre sur le caractère de Rousseau.*)

laiter leurs enfans [1], et pour gourmander les nourrices qui avaient l'habitude de les emmailloter. A les entendre prôner les *services immenses* que l'auteur d'*Emile* a rendus à l'humanité , ne dirait-on pas qu'avant lui toutes les

[1] On lit dans le nouveau *Tableau de Paris*, au 19ᵐᵉ siècle, 1835, tome **V**, dans le chapitre intitulé : *Les Bureaux de Nourrices*, les réflexions suivantes sur le *plaidoyer chaleureux de Jean-Jacques* en faveur des enfans nouveaux-nés. L'auteur de cet article, après avoir qualifié ce plaidoyer du *plus magnifique des lieux communs*, ajoute : « Le remords, « cet accès de franchise qui nous rend sans pitié pour nous-mêmes, « inspira si puissamment l'illustre concubinaire, que, dans le sein même « de la cour la plus corrompue, sa brillante paraphrase de quelques lignes « de M. de Buffon ramena, dit-on, à leurs devoirs bon nombre de « femmes, les délices et l'orgueil du siècle de Louis XV....... Pauvres « enfans! ce fut pour vous un résultat fâcheux sans doute, et Rousseau « vous trouva de déplorables nourrices!........ Le plus grand crime du « Genevois, à mon sens (et si c'est un paradoxe, passez-le moi), n'est pas « d'avoir mis à l'hôpital la progéniture équivoque et nombreuse de sa « Thérèse, mais bien de s'être prononcé pour le rappel aux principes « dans cette société capable de tout, même de vertu, si l'on en donnait le « ton. Je ne sais s'il est possible d'établir la statistique des malheurs « que sa belle sortie amena; mais, à supposer que trois mille femmes, « tant de la bourgeoisie que de la noblesse et de la magistrature (et le « chiffre est raisonnable), se prirent de la fantaisie d'être mères dans « toutes les rigueurs du mot, je parie, devant Dieu, que cela devint un « vrai massacre des innocens, et que pour le moins les quatre cinquièmes « de ces pauvres petits en périrent dès la première année. L'amour ma- « ternel fut une véritable épidémie. La mortalité n'eût pas été si forte à « l'hôpital.........

« Je le répète avec une conviction nouvelle, il fit mal, Jean-Jacques, « et dans l'intérêt de ses remords de mauvais père, et dans l'intérêt de la » réaction qu'il essaya d'opérer dans les mœurs, d'appeler ses contempo- « raines aux vétilles de la maternité. Il ne s'agissait pas de métamor- « phoser en nourrices ces femmes nerveuses et fragiles, qui se fai- « saient lire l'*Emile* à la bougie.......... à trois heures du matin, en « sortant de l'opéra, avec des bruits de musique dans la tête, et, mères étaient devenues des marâtres , et que , chez toutes les nations civilisées , les enfans , au sortir du berceau , n'étaient que des êtres difformes , dans lesquels l'imprévoyance des nourrices avait altéré ou désorganisé la

« sur le front, la trace des diamans et des fleurs artificielles qu'elles
« venaient d'en arracher. En fait de révolution, demandez tout ou ne
« demandez rien. L'idylle n'était pas complète. Au risque d'un para-
« doxe de plus, que n'essayait-il, c'était hardi cela, de les travestir en
« vraies campaguardes, en grossières et robustes villageoises? L'œuvre
« était digne de son éloquence. Eh! mon Dieu, mon ami, nous savons
« bien que, philosophiquement parlant, et grâce aux vues intelligentes de
« la nature, le fait maternel est une substance qui se proportionne d'abord
« à la délicatesse de l'enfant, et qui se fortifie à mesure que l'enfant se
« développe ; que, par conséquent, la mère est indiquée tout de suite
« comme nourrice, sans qu'il faille, à l'effet d'en avoir une, expédier des
« courriers dans la banlieue, ou plus loin encore. Quoi de plus banal!
« Personne assurément, Jean-Jacques, ne vous attendait pour en avoir
« la première nouvelle. Mais n'oubliez-vous pas quelque chose, beau
« raisonneur? Est-il déjà si simple d'être nourrice? Il faut un régime
« sain, ce me semble, une vie réglée, des mœurs pudiques et calmes,
« pour mener ses nourrissons à bien. N'est-ce rien que tout ceci, je vous
« prie? Tenez, je vous offre de parier, que pour cent enfans brutalement
« jetés à la Bourbe, et pour cent enfans maternellement élevés à Paris,
« les chances de salut seront de beaucoup en faveur des mauvaises mères
« contre les bonnes......

« Bénissons dans cette fée prestigieuse des villes, que nous appelons
« avec un peu d'emphase la *Civilisation*, de ce qu'elle a permis, con-
« curremment avec les magnificences dont elle nous émerveille, que, en-
« dehors des murs de l'octroi et du rayon de la banlieue, il y eût, et
« en grand nombre, des paysannes appelées, par la faim et la misère, à
« cette mission de maternité que nos femmes ne sauraient accomplir sans
« risque pour leurs enfans, sans risque pour elles, et peut-être même
« sans risque pour nous; pour nous qui tenons (excellens maris que
« nous sommes!) à ce que nos femmes dorment en paix, et nous
« aussi...... »

L'auteur de l'article cité, après avoir signalé l'agiotage monstrueux des

constitution naturelle? L'histoire des temps antérieurs et l'expérience contemporaine sont là pour décider la question sur la vigueur des générations modernes, mises en parallèle avec les générations des siècles passés.

L'originalité est quelquefois un heureux défaut, et mêle, dans les rapports de société, des nuances aimables; mais celle que montra Rousseau, dans presque toutes les circonstances de sa vie, offre un caractère désagréable et choquant. Son aversion pour les bienfaits dont il était l'objet, et pour les témoignages d'amitié qu'on se permettait de lui donner, par de petits cadeaux, était peut-être

nourrices, fait la proposition suivante : « Je tirerais volontiers l'instru-
« ment de la réforme du fond des cloîtres : le célibat viendrait au secours
« du mariage. A l'imitation du Christianisme, on donnerait des vierges
« pour mères à nos enfans...... Je hâterais de grand cœur le moment où
« les pieuses filles, qui se consacrent à l'œuvre des enfans trouvés, éten-
« dront plus loin encore leur sollicitude et leur vigilance. Qu'on s'en
« étonne ou non, peu m'importe! c'est ma proposition. Je voudrais
« voir, moi, les sœurs de saint Vincent de Paule, se mêler à tous les
« détails de l'administration du bureau des nourrices, et surtout à ces
« détails d'ordre, de minutie, de tendre et religieux intérêt, si néces-
« saires à l'enfance, et dont on est capable, à moins d'être une mère à
« part, qu'en vue d'un salaire supérieur à tous les salaires mondains.
« Je les chargerais de surveiller les nourrices et le bien-être des nourri-
« ces, et surtout de faire des tournées continuelles près des berceaux de
« nos héritiers....... Ne souriez pas, mesdames, à ce contraste du re-
« cueillement et de la chasteté qui veilleraient sur votre famille, tandis
« que vous pétilleriez de plaisir et de coquetterie, sous les feux du lustre
« et dans la vapeur du bal! Soyez, je vous en conjure, assez curieuses
« pour visiter une fois l'hôpital de l'allaitement......... Cet hôpital vous
« étonnera, vous émerveillera peut-être. Que d'ordre, que de régula-
« rité dans cette vaste maison! Tout y est d'un luxe de propreté devant
« lequel le luxe pâlirait ; et je comprends que, bon an, mal an, près de
« dix à douze mille mères, à Paris, abandonnent leurs enfans, non
« pas à demi, comme nos bourgeoises, mais tout-à-fait. »

bien moins l'effet d'un désintéressement délicat que d'une sauvagerie fière et repoussante [1].

L'orgueil est, sans doute, une disposition naturelle à tous les enfans d'Adam ; mais ceux qui soumettent leur cœur au joug de la loi de Dieu, travaillent à combattre ce penchant ; ils y réussissent avec le secours de la grâce. La société n'exige pas de l'homme qu'il soit humble ; elle lui demande seulement d'être modeste. Rousseau n'offre pas même cette vertu ; il s'est peint lui-même par divers traits qui révèlent toute l'enflure de son cœur. « Je ne « suis fait comme aucun de ceux que j'ai vus, dit-il dans « le début du premier livre de ses *Confessions* ; j'ose croire « n'être fait comme aucun de ceux qui existent... *Que la* « *trompette du jugement dernier sonne quand elle vou-* « *dra, je viendrai, ce livre à la main, me présenter de-* « *vant le souverain Juge* ; je dirai hautement : voilà ce que « j'ai fait, ce que j'ai pensé, ce que je fus... Être éternel,

---

[1] *Les glaces et le café sont presque tout ce que j'aime des choses de luxe,* dit un jour Rousseau à Bernardin-de-St.-Pierre, qui rapporte ce propos. J'avais apporté, continue celui-ci, une balle de café de l'île de Bourbon, et j'en avais fait quelques paquets que je distribuais à mes amis. Je lui en envoyai un le lendemain, avec un billet où je lui mandais que, sachant son goût pour les graines étrangères, je le priais d'accepter celles-là. Il me répondit par un billet fort poli, où il me remerciait de mon attention ; mais le jour suivant, j'en reçus un autre d'un ton bien différent. En voici la copie :

« Hier, Monsieur, j'avais du monde chez moi, qui m'a empêché d'exa-« miner ce que contenait le paquet que vous m'avez envoyé. A peine nous « nous connaissons, et vous débutez par des cadeaux : c'est rendre notre « société trop inégale ; ma fortune ne me permet point d'en faire. Choi-« sissez, de reprendre votre café ou de ne plus nous voir. Agréez mes « très-humbles salutations, J. J. Rousseau. » (*Histoire de la Vie de Rousseau, par Musset-Pathay, tom. I, p.* 223—224.)

« rassemble autour de moi l'innombrable foule de mes
« semblables, qu'ils écoutent mes confessions... Que cha-
« cun d'eux découvre à son tour son cœur aux pieds de
« ton trône avec la même sincérité, et puis qu'un seul te
« dise, s'il l'ose : *je fus meilleur que cet homme-là.* »

Dans sa lettre à l'archevêque de Paris, il n'hésite pas à
dire que, « s'il existait quelque part un gouvernement
« vraiment éclairé, un gouvernement dont les vues fus-
« sent vraiment utiles et saines, il eût *rendu des honneurs*
« *publics à l'auteur d'Emile, il lui eût élevé des statues.* »

Même caractère dans ses lettres écrites de la Montagne.
Parlant de cet ouvrage : « Malheur à vous, dit-il, si, du-
« rant cette lecture, votre cœur ne bénit pas cent fois
« *l'homme vertueux et ferme* qui ose ainsi instruire les
« hommes. »

Quel langage présomptueux dans sa préface de la *Nou-*
velle Héloïse ! « Que si quelqu'un, dit-il, après avoir lu
« ce recueil tout entier, osait me blâmer de l'avoir publié,
« qu'il le dise, s'il veut, à toute la terre, mais qu'il ne
« vienne pas me le dire : *je sens que je ne pourrais, de ma*
« *vie, estimer cet homme-là.* »

Rousseau, dans le cours de sa vie, éprouva sans doute
des chagrins et des peines, mais il s'en créa beaucoup d'i-
maginaires. Il se croyait l'objet de la haine et de la persé-
cution de tout le genre humain [1]; il voyait partout des
ennemis personnels, jusque dans les braves invalides qu'il
rencontrait dans ses promenades sur le boulevard. Les

---

[1] « Rousseau accroissait, par la réflexion, toutes les idées qui l'affli-
« geaient ; bientôt un regard, un geste d'un homme qu'il rencontrait, un
« enfant qui s'éloignait de lui, lui parurent de nouvelles preuves de cette
« haine universelle dont il se croyait l'objet. » *(Lettre 6ᵐᵉ de Mᵐᵉ de Staël*
sur le caractère de Rousseau.)

prétentions et les mécomptes de son orgueil le conduisi-
rent au désespoir et au dégoût de la vie ; et loin d'imiter
la grandeur d'âme du juste, dont un poète païen a dit :
Si fractus illabitur orbis , impavidum ferient ruinæ, il
appela la mort à son secours, et se *prépara ainsi, par un
nouveau crime*, à comparaître au tribunal de l'Eternel [1].

[1] Le suicide de Rousseau, contesté par plusieurs de ses partisans, est
donné comme positif et certain par beaucoup d'autres qui ont été ses admirateurs jusqu'à l'enthousiasme. Je n'en citerai ici que trois, Mme de
Staël, M. le comte Barruel-Beauvert, M. Corancéz.

« Ah ! vous, qui l'accusiez de feindre le malheur, écrit Mme de Staël,
« qu'avez-vous dit quand vous avez appris qu'il s'est donné la mort ?...
« Mais qui put inspirer à Rousseau un dessein si funeste ?... On sera
« peut-être étonné de ce que je regarde comme certain que Rousseau se
« soit donné la mort. Mais le même Genevois dont j'ai déjà parlé reçut une
« lettre de lui quelque temps avant sa mort, qui semblait annoncer ce
« dessein. Depuis, s'étant informé avec un soin extrême de ses derniers
« momens, il a su que, le matin du jour où Rousseau mourut, il se leva
« en parfaite santé, mais dit cependant qu'il allait voir le soleil pour la
« dernière fois, et prit, avant de sortir, du café qu'il fit lui-même. Il ren-
« tra quelques heures après, et, commençant alors à souffrir horrible-
« ment, il défendit constamment qu'on appelât du secours et qu'on aver-
« tît personne. Peu de jours avant ce triste jour, il s'était aperçu des viles
« inclinations de sa femme pour un homme de l'état le plus bas ; il parut
« accablé de cette découverte, et resta huit heures de suite sur le bord de
« l'eau, dans une méditation profonde. Il me semble que si l'on réunit ces
« détails à sa tristesse habituelle, à l'accroissement extraordinaire de ses
« terreurs et de ses défiances, il n'est plus possible de douter que ce grand
« et malheureux homme n'*ait terminé volontairement sa vie*. »

Mme la comtesse de Vassi, fille de M. de Girardin, propriétaire d'Ermenonville, où Rousseau s'était retiré, écrivit à Mme de Staël, pour
l'assurer que Rousseau ne s'était pas donné la mort. Mme de Staël, dans
sa réponse, cite ces autorités, et persiste à affirmer que Jean-Jacques
avait avancé le terme de sa vie.

« Un Genevois, dit-elle, secrétaire de mon père, et qui a passé une

Il m'est pénible, vénérables Frères, de vous retracer sous des couleurs si défavorables le portrait d'un citoyen genevois, au nom duquel les talens ont attaché une si grande célébrité. Mais la vérité avant tout, et par-dessus tout, lorsque les intérêts des familles et de la société, les droits de la religion et de la morale sont compromis. Il

« partie de sa vie avec Rousseau ; un autre, nommé Moulton, homme de
« beaucoup d'esprit, et confident de ses dernières pensées, m'ont assuré
« ce que j'ai écrit, et des lettres que j'ai vues de lui, peu de temps avant
« sa mort, annonçaient le dessein de terminer sa vie ; voilà ce qui peut
« excuser mon erreur, car c'est ainsi que j'appelle une opinion que vous
« combattez. »

M. Barruel-Beauvert, dans la *Vie de J.-J. Rousseau* qu'il publia en 1789, paraît également convaincu que Rousseau s'est détruit. « Après sa
« mort, dit-il, Jean-Jacques fut ouvert, en présence de M. le Bègue de
« Prèle qui, dans son procès-verbal sur cette opération, veut persuader
« que sa fin a été très-naturelle, quoiqu'elle paraisse très-extraordinaire...
« Mais jetons sur son décès rapide un voile semblable à celui qui cacha
« le visage de Mme de Wolmar..... Que nulle main ne prétende l'ôter, ni
« même le soulever...... »

M. Corancèz, qui eut des liaisons intimes avec Rousseau, partage la même opinion, et cite quelques particularités qui ne permettent pas de douter du fait du suicide. Il se rendit avec son beau-père, genevois et protestant, pour assister à l'inhumation de Rousseau, dont le corps fut déposé dans l'île des Peupliers. « En arrivant à Louvres, dit-il, dernière
« poste jusqu'à Ermenonville, le postillon fut demander les clés des bar-
« rières des jardins, le maître de poste se présenta à notre voiture, il
« s'appelait Payen. Il nous dit qu'il présumait notre voyage, occasionné
« par le malheureux événement de la mort de Rousseau ; puis il ajouta
« d'un ton pénétré : Qui l'aurait cru, que M. Rousseau se fût ainsi dé-
« truit lui-même ! Nos oreilles furent étonnées de cette nouvelle ; nous
« lui demandâmes de quel moyen il s'était servi : D'un coup de pistolet,
« nous dit-il. Nous ne doutions, ni l'un ni l'autre, que sa mort n'eût été
« naturelle ; mon cœur saigna, mais j'avoue que je n'en fus pas étonné.
« Nous arrivons ; nous fûmes reçus avec politesse. Nous fîmes part à

serait injuste, sans doute, de refuser à Rousseau une place distinguée parmi les écrivains qui ont fait époque dans les annales de la littérature; mais son mérite reste inaperçu, lorsqu'on cherche en lui les qualités morales et les vertus du Chrétien[1].

La manière la plus innocente de l'excuser serait peut-être de penser qu'il était fou[2]. Peut-on reconnaître un homme sensé dans cette maxime, qu'on lit au 5me Livre d'*Emile* : « Un père, dit-il, fût-il monarque, doit unir

« M. de Girardin de ce que nous avait appris le maître de poste, Payen « Il en parut étonné et choqué. Il nia le fait avec chaleur, et nous recom-« manda avec la même chaleur de ne pas le propager.

« Cette opinion, que nous avons dû rapporter, est appuyée du témoi-« gnage imposant d'un ami de Rousseau, qui se rendit le même jour de « sa mort à Ermenonville.

« Nous croyons que, pour accélérer le moment fatal, Jean-Jacques « employa deux moyens; c'est-à-dire qu'il se prépara lui-même et prit le « poison, et que, pour abréger la lenteur des effets, la durée des souf-« frances, il les termina par un coup de pistolet. »

[1] Le jugement de Mme de Staël, qui a porté l'enthousiasme pour Rousseau jusqu'à l'adoration, ne doit pas être suspect; le voici : « On ne « peut pas dire que Rousseau ait été vertueux, parce qu'il faut des ac-« tions, et de la suite dans ces actions, pour mériter cet éloge; mais « c'était un homme qu'il fallait laisser penser, sans en rien exiger de « plus. » (*Lettre sur le caractère de Rousseau.*)

[2] Mme de Staël insinue ce genre d'excuse pour couvrir les vices de son héros. « Rousseau n'était pas fou, dit-elle, mais une faculté de lui-« même, l'imagination, était en démence; il avait une grande puissance « de raison sur les objets qui n'ont de réalité que dans la pensée, et une « extravagance absolue sur tous ceux dont la mesure est prise au-dehors « de nous. Je crois, ajoute-t-elle, que l'imagination était la première de « ses facultés, et qu'elle absorbait même toutes les autres. Il rêvait « plutôt qu'il n'existait, et les événemens de sa vie se passaient dans sa « tête plutôt qu'au-dehors de lui. »

« son fils à la fille qu'il aime ; cette fille fût-elle d'une fa-
« mille déshonnête, fût-elle enfin la fille du bourreau. »

Et c'est à un tel homme que Genève élève une statue ! Tous les citoyens sages, au lieu de concourir à l'inaugu-ration de ce monument, ne devraient-ils pas le couvrir d'un voile épais, pour le dérober aux yeux de la jeunesse et de toute la cité? Hélas! il nous est bien permis d'ex-primer ici la surprise et la douleur que nous éprouvons, et de rappeler les justes plaintes qu'arrachait à l'orateur romain une conspiration bien moins redoutable et bien moins funeste, puisque la conjuration de Catilina n'était pas dirigée contre la morale publique et contre la religion de sa patrie : *O tempora! ô mores! ubinam gentium su-mus! quam urbem habemus*[1]!

Mais ce qui nous remplit surtout d'amertume, c'est de voir, parmi les promoteurs de l'apothéose de Rousseau, un membre de la vénérable Compagnie, un professeur de théologie, le recteur de l'académie de Genève ! Le respect pour la religion, pour la piété, pour les mœurs, le sen-timent seul des convenances n'interdisaient-ils pas à un ministre du St. Evangile de prendre place parmi les zéla-teurs de ce culte philosophique; à plus forte raison, de solliciter, comme une faveur, son admission dans le Comité qui a provoqué l'érection du monument, et qui vient d'annoncer sa prochaine inauguration[2]?

---

[1]. *Contra Catilinam.*

[2] Le *Journal de Genève* a publié, dans le numéro du 14 août 1828, une lettre de M. le pasteur Chenevière au comité qui s'occupe de l'érec-tion de la statue dédiée à Rousseau. « Permettez-moi, Messieurs, dit « ce ministre, d'exprimer un regret : c'est de ne voir dans le comité le « nom d'aucun de nos ecclésiastiques. Je ne doute pas que vous ne trou-« viez entre mes collègues des hommes disposés à s'unir à l'œuvre hono-

Je respecte les noms des hommes estimables par leurs qualités personnelles et par leur instruction, qui ont fait un appel à leurs concitoyens pour élever un monument à là mémoire de Rousseau ; je ne me permets pas d'accuser leurs intentions : ils n'ont sans doute pensé qu'à honorer les sciences et les lettres, dans la personne d'un homme qui aurait jeté dans cette noble carrière un éclat plus durable et plus digne d'éloges, s'il eût fait un meilleur usage des talens et du génie que la Providence lui avait départis.

« rable et patriotique à laquelle je vous remercie d'avoir donné vos « soins. » Après une telle démarche, il était bien naturel et bien juste que le nom de M. le pasteur fît ombre dans le tableau des membres du comité ; aussi y fut-il inscrit avec empressement, et M. le Président lui répondit : *qu'on se félicitait d'avoir un pareil collègue.*

✶✶✶✶✶✶✶✶✶✶✶

Du 10 mars 1835.

P. S. J'apprends, par le N° 17 du *Fédéral*, journal genevois (27 février 1835), que l'inauguration de la statue de J.-J. Rousseau a eu lieu le 24. Ma correspondance particulière m'informe que par défaut de fonds, le comité *inaugurateur* a déposé le *pauvre* Jean-Jacques sur un piédestal en bois, comme sur une chaise percée, en attendant de nouvelles souscriptions de la part des amateurs, qui lui fournissent les moyens de remplacer les panneaux de sapin par un bloc de beau marbre. Mon correspondant me dit encore que l'on a mis à contribution les génies de l'académie de Genève pour préparer une inscription digne du héros. En attendant mieux, je m'empresse, vénérables frères, de vous en adresser une que j'ai rédigée et que j'ai soumise à l'examen de mon conseil. Le défaut de temps ne m'a pas permis de lui donner tous les soins que j'aurais désiré y apporter ; mais dans son costume négligé, elle suffira pour révéler toute ma pensée à la Vénérable Compagnie, et pourra lui servir de thême pour une nouvelle composition plus complète et mieux assortie au *mérite* du personnage.

INSCRIPTION

DESTINÉE AU PIÉDESTAL DE LA STATUE DE J.-J. ROUSSEAU ,

Erigée à Genève le 24 février 1835.

A CELUI QUI , SANS PRINCIPES ET SANS CROYANCES ,
SE MONTRA TOUR A TOUR DÉISTE ET CHRÉTIEN ;
QUI , DE LA BANNIÈRE DU PROSCRIT DE NOYON ,
PASSA SOUS LA HOULETTE DU PONTIFE ROMAIN ;
QUI PLUS TARD , BRISANT LE PREMIER ANNEAU DE *nos chaînes* ,
DÉLIA L'AUDACIEUSE JEUNESSE
DE LA CRAINTE *avilissante* D'UN DIEU ;
QUI , MÉPRISANT LES *traditions vulgaires* ,
RECONNUT DANS LE SAUVAGE ABRUTI
LE NOBLE TYPE DE LA CRÉATION ;
QUI RÉTABLISSANT LES PEUPLES *dans leurs droits* ,
APPRIT AUX HOMMES QUE TOUS DOIVENT COMMANDER
ET QUE NUL NE DOIT OBÉIR ;
QUI DONNA UN JUSTE BLAME AUX ROMANS ,
ET QUI ÉCRIVIT LA NOUVELLE HÉLOÏSE
POUR DÉTRUIRE DANS LE CŒUR DE NOS COMPAGNES ET DE NOS FILLES
CE QU'AVANT LUI ON APPELAIT VERTU ;
QUI , SANS CONSCIENCE , SANS AFFECTION ET SANS HONNEUR ,
MÉCONNUT LES DEVOIRS ET DÉDAIGNA LES DOUCEURS
DE PÈRE ET D'ÉPOUX ;
QUI , GOURMANDANT LES MÈRES
DONT LA DÉLICATESSE OU LA RAISON
APPELAIT A LEUR SECOURS
DES NOURRICES MERCENAIRES ,
REFUSA A SES ENFANS LA CONSOLATION
DE CONNAÎTRE L'AUTEUR DE LEURS JOURS.
A L'APOLOGISTE DU SUICIDE
QU'IL ENCOURAGEA PAR SON EXEMPLE ;
A CELUI QUI , PAR SA CONDUITE ET SES ÉCRITS ,
INTRODUISIT L'*heureuse* LICENCE DE TOUT DIRE
ET DE TOUT FAIRE.
A J.-J. ROUSSEAU (PUISQU'IL FAUT L'APPELER PAR SON NOM) ,
A SA MÉMOIRE JADIS OUTRAGÉE PAR UNE INGRATE PATRIE,
LA PATRIE, AUJOURD'HUI *plus éclairée* ,
DRESSA CE MONUMENT
A SON *vertueux* CITOYEN.

DÉPÉRISSEMENT

DES

PRINCIPES DU CHRISTIANISME

DANS LE SEIN

DE LA VÉNÉRABLE COMPAGNIE.

Le second objet de ma douleur, et de la douleur la plus profonde, comme la plus amère, est l'affaiblissement de la foi aux dogmes fondamentaux de la religion chrétienne, parmi les ministres du St. Évangile, chargés de l'enseignement public. Les traits les plus perçans pour le cœur d'une mère sont ceux qui partent de la main des enfans qu'elle a nourris de son lait. Du fond de l'abîme où je gémis, j'ai examiné, avec l'attention la plus sérieuse et avec la plus sévère impartialité, les faits et les preuves des accusations portées contre la vénérable Compagnie ; elles m'ont paru, ainsi qu'à tous les membres de mon Conseil, bien graves dans leur objet, et motivées d'une manière qui ne laisse lieu à aucune réplique raisonnable. Nous ne croyons pas qu'elle puisse se justifier, à moins qu'elle n'ait le courage de faire un pas rétrograde, avec droiture et franchise. Je vais passer en revue les principales époques auxquelles des soupçons fâcheux ont plané sur les croyances du Corps des pasteurs de l'Eglise de

Genève. Vous pourrez ainsi, vénérables Frères, apprécier vous-mêmes les reproches dont vous partagerez la responsabilité, si vous ne vous hâtez de publier votre confession de foi.

1° La première accusation, formée au milieu du siècle dernier, est consigné dans l'*Encyclopédie*[1]. « La religion, « dans Genève, est presque réduite à l'adoration d'un « seul dieu, du moins chez presque tout ce qui n'est pas « peuple, écrivait d'Alembert; le respect pour Jésus-« Christ et pour les Ecritures sont peut-être la seule « chose qui distingue d'un pur déisme le christianisme de « *Genève*.....

« Pour tout dire, en un mot, plusieurs pasteurs de Ge-« nève n'ont d'autre religion qu'un socinianisme parfait, « rejetant tout ce qu'on appelle *mystères*....

« Aussi, quand on les presse sur la nécessité de la ré-« vélation, ce dogme si essentiel du Christianisme, plu-« sieurs y substituent le terme *d'utilité.* »

La vénérable Compagnie répondit à cet article par une déclaration vague et insignifiante[2]; et c'est à cette occasion que l'auteur des *Lettres de la Montagne*[3] s'est permis cette phrase dérisoire sur les ministres de Genève : « *Après force consultations, délibérations, conférences,* « *le tout aboutit à un amphigouri où l'on ne dit ni oui,* « *ni non.* » *Quand on est bien décidé sur ce qu'on croit, une profession de foi doit être bientôt faite.*

2° Rousseau provoqua bien vivement la vénérable Compagnie à s'expliquer sur les principes religieux. « Un

---

[1] Art. GENÈVE.

[2] 10 février 1758.

[3] Lettre seconde.

« philosophe, dit-il [1], jette sur les ministres un coup-
« d'œil rapide; il les pénètre, il les voit Ariens, Soci-
« niens; il le dit, et pense leur faire honneur; mais il ne
« voit pas qu'il expose leurs intérêts temporels.... On leur
« demande si Jésus-Christ est Dieu, ils n'osent répondre;
« on leur demande quels mystères ils admettent, ils n'o-
« sent répondre; sur quoi donc répondront-ils, et quels
« seront les articles fondamentaux?... Ce sont, en vérité,
« de singulières gens que MM. vos ministres! on ne sait
« ni ce qu'ils croient, ni ce qu'ils ne croient pas; on ne
« sait pas même ce qu'ils font semblant de croire; leur
« seule manière d'établir leur foi est d'attaquer celle des
« autres. »

Convenez, vénérables Frères, qu'une pareille provo-
cation meritait bien une réponse. Sans doute, il fallait
dédaigner le sarcasme de l'accusateur; mais il fallait le
convaincre de calomnie; et rien n'était plus facile : il
suffisait de publier une profession de foi inaccessible aux
subterfuges et aux subtilités des sophistes.

5° Vous connaissez la thèse qui fut soutenue, en 1777,
par M. Jean Lecointe, sous la présidence de M. Jacob
Vernet, pasteur et professeur de théologie. « Cette thèse,
« a dit un écrivain judicieux, révéla aux Ariens, aux So-
« ciniens et aux incrédules qu'ils avaient des complices et
« des adeptes dans le sein de la Compagnie des pasteurs
« de l'Eglise de Genève. Un aspirant au saint ministère,
« sous la direction de son maître, en présence des minis-
« tres du saint Evangile, osa proclamer qu'il fallait bien
« se garder d'égaler à Dieu le Père la personne de Jésus-
« Christ, quelque excellente qu'elle fût; qu'elle lui était

[1] 2e Lettre de la Montagne.

« inférieure par sa nature. Il osa rejeter cette expression
« consacrée depuis la naissance de N. S. Jésus-Christ,
« *Dieu le Fils*, parce qu'elle semble l'égaler à Dieu le
« Père. — Il osa avancer que nous ne devons pas rendre
« le même degré d'honneur au Fils qu'au Père.

« Vainement les partisans de M. Vernet, continue le
« même écrivain, ont-ils essayé de justifier son opinion,
« en faisant valoir tout ce qu'il dit de la grandeur, de la
« majesté, de la sainteté, de l'élévation de Jésus-Christ
« au-dessus de toutes les créatures. M. Vernet enseigne
« que Jésus-Christ n'est pas égal à Dieu, qu'il est, par sa
« nature, au-dessous de Dieu ; qu'il ne faut pas l'appeler
« Dieu le Fils. Est-ce là le langage d'un Arien ou d'un
« Socinien? Il est inutile de prononcer sur cette nuance.
« Il me suffit de savoir que c'est le langage d'un homme
« qui ne regarde pas Jésus-Christ comme vrai Dieu et
« vrai homme tout ensemble ; c'est par conséquent le lan-
« gage d'un novateur, contre lequel la vénérable Compa-
« gnie devait réclamer, contre lequel elle n'a pas réclamé.
« Elle est donc censée avouer et ratifier, par son silence,
« une erreur soutenue dans son sein par un de ses mem-
« bres. L'on est d'autant plus autorisé à regarder l'opinion
« de M. Vernet comme l'opinion de la compagnie, que,
« depuis cette époque, dans le grand nombre de thèses
« que les proposans ont soutenues, il n'y en a pas une
« seule qui ait été consacrée à venger le dogme de la di-
« vinité de Jésus-Christ des blasphèmes toujours croissans
« des impies. »

4° J'avais laissé à l'Eglise de Genève un catéchisme,
pour conserver l'unité de croyance et pour maintenir l'u-
niformité dans l'enseignement. La vénérable Compagnie
l'a remplacé depuis plus de cinquante ans, d'abord par

celui du socinien Vernet, et successivement par plusieurs autres, dont les nuances ont toujours été moins chrétiennes. Aujourd'hui, enhardie par l'esprit du siècle, elle est arrivée au point de rougir du nom de son fondateur : elle repousse, comme un outrage, la dénomination de *Calviniste*, dont vos pères se sont glorifiés pendant près de trois siècles. *Nous n'appartenons ni à Socin, ni à Arius, ni à Calvin.* Ce langage est répété en plein Consistoire [1], et consigné dans les écrits publics des ministres [2].

« Calvin, que l'on voudrait élire l'Aristote de nos jours, « a dit M. le pasteur et professeur Chenevière [3], a-t-il eu « le privilége et le diplôme de l'infaillibilité ? S'est-il pré « tendu inspiré ? a-t-il imposé ses explications comme des « lois, ou s'est-il donné la peine de légitimer par des ar- « gumens la sagesse de ses réformes ? a-t-il pu défendre « aux siècles à venir d'apporter des lumières dans leur « passage ? A-t-il interdit aux Michaélis, aux Griesbach « futurs de faire d'utiles travaux sur des manuscrits qu'il « n'avait pas examinés lui-même ? une connaissance plus « profonde encore des langues anciennes ne peut-elle pas « dissiper les ténèbres répandues sur des passages diffi- « ciles ? Y a-t-il une prescription quelconque pour les ré- « formes que le bon sens et le talent opèrent ? Calvin a-t-il « eu le temps de scruter lui-même toutes les questions, « toutes les vérités, de les retourner sous toutes leurs fa- « ces ? aucune idée ne peut-elle lui avoir échappé ? Si des « décisions, quelles qu'elles soient, sont sans appel, com-

[1] Discours prononcé le 14 janvier 1819, par M. le pasteur de Fernex, président du Consistoire.

[2] Coup-d'œil sur les Confessions de foi, par J. Heyer, pasteur à Genève. 1818.

[3] Opuscule intitulé : *Causes qui retardent chez les Réformés les progrès de la théologie.*

« me les décrets qui partaient de Rome, je demanderais
« ce que nous aurions gagné pour la foi, ce que la science
« aurait à recueillir de notre séparation d'avec les papes?
« ce serait inutilement que le principe de l'examen aurait
« été admis par la Réformation. »

C'est du haut de la chaire de théologie, c'est en présence des aspirans au ministère, qu'un pasteur et un professeur, choisi par la vénérable Compagnie, et agréé par
le Conseil d'état, anathématise et excommunie celui que
Genève reconnut et vénéra comme son oracle pendant
trois cents ans ! C'est du haut de cette chaire que le cham-
pion des Déistes proclame *que le Calvinisme ne peut pas
être et n'est pas le Christianisme...* Il accuse les défenseurs de mon catéchisme *de vous faire retourner au milieu du XVI*me* siècle, et de stéréotyper le Calvinisme....*
Il ose *garantir que, si l'on met l'Evangile entre les mains
de personnes impartiales et sensées, il n'y en aura pas
une seule qui puisse y trouver le Calvinisme ;* et il voue
au ridicule les Chrétiens fidèles *qui ont la prétention de
faire reconnaître l'Evangile en le faisant passer par la
filière de Calvin.* Il me dénonce comme un tyran des
cœurs, *qui prête à l'Evangile des formes sévères et l'arme
d'un bras de fer. O Protestans de tout pays et de toute
langue, s'écrie-t-il, repoussez des principes destructeurs
de la religion chrétienne ; n'emprisonnez pas l'Evangile
dans les formules étroites et sévères du Calvinisme !...
Oui, le Calvinisme et son frère Méthodisme sont, de
toutes les formes qu'a prises la religion dans un cerveau
d'homme, les plus rebutantes, et, dans les temps modernes, les seules haïssables* [1].

* [1] 6e Essai, par M. Chenevière, sur la Prédestination et quelques dogmes calvinistes, p. 376, 377, 500, 502, 503.

5° Peu de temps après l'heureuse époque où Genève eut recouvré son indépendance politique, il s'éleva, dans l'enceinte de la cité, une nouvelle voix accusatrice contre la défection de la vénérable Compagnie : elle fut convaincue, par un écrit adressé aux étudians en théologie, de ne plus enseigner le dogme de la divinité de Jésus-Christ[1].

« La vénérable Compagnie des pasteurs, dit l'auteur « des Considérations, est accusée, depuis bien des années, « de ne plus professer le dogme de la divinité de Jésus- « Christ. Ce reproche devait être repoussé par une décla- « ration franche et précise : il ne l'a point été. L'imputa- « tion cependant est grave, et porte sur les principes fon- « damentaux du Christianisme. Ce silence ne prend-il « point les couleurs d'un aveu ; et ceux qui se taisent, « dans une circonstance où tout leur fait un devoir de « parler, ne semblent-ils pas adopter la doctrine qui leur « est attribuée? Après dix-huit siècles de foi dans une « cité éminemment chrétienne, dans Genève, berceau et « chef-lieu de la Réformation, nos oreilles pourraient- « elles entendre, sans scandale, des paroles de blasphème, « ou même d'hésitation et de simple doute sur la divinité « du Sauveur? »

L'écrivain que nous venons de citer ne s'est pas livré à des déclamations odieuses ou insignifiantes ; il établit par des preuves positives l'imputation faite au corps des Pasteurs ; et ces preuves, il les tire du catéchisme que l'on enseigne au collége et dans les églises depuis un demi-siècle ; du livre de la liturgie ; du silence des professeurs

[1] Considérations sur la divinité de Jésus-Christ, adressées à MM. les Etudians de l'auditoire de Genève, avec cette épigraphe : *Ceux qui nient la divinité de Jésus-Christ, renversent de fond en comble tout le plan de la religion chrétienne.*

4

de théologie dans leurs traités ; des prédicateurs dans leurs sermons ; de l'altération du texte sacré dans la nouvelle traduction de la Bible [1] ; enfin, de la doctrine soutenue dans les thèses publiques de théologie. Il reste démontré que le dogme de la divinité du Fils de Dieu fait homme est relégué parmi *les opinions qui ont vieilli*. La vénérable Compagnie a gardé le silence, et s'est abritée derrière le Conseil d'état ; elle s'est ménagé adroitement des félicitations sur la conduite prudente qu'elle a tenue. Elle a cru être relevée de toute responsabilité par l'avis du Conseil d'état, qui a *déclaré que l'intérêt de la religion, la paix de l'Eglise et la dignité de ses ministres, exigent de la vénérable Compagnie qu'elle continue à garder le silence sur les discussions théologiques qui se sont élevées en matière de doctrine.*

A la naissance du Christianisme, les sénateurs de Jérusalem prétendirent bien interdire aux apôtres *d'enseigner au nom de Jésus* [2], mais les apôtres se montrèrent moins dociles que les membres de la vénérable Compagnie ; ils se rappelèrent que c'était à eux, et non aux magistrats, que le Sauveur du monde avait dit : *Allez, enseignez toutes les nations* [3].

6° La vénérable Compagnie s'expliqua enfin le 14 janvier 1819, par l'organe du président du Consistoire ; mais quelle explication ! Elle donne, en quelque sorte, *le bilan* de sa foi, et elle semble redouter que l'Europe chrétienne puisse croire que la théologie est restée *stationnaire* dans l'Académie de Genève, et que ses membres sont encore

[1] Traduction de 1805, par les pasteurs et professeurs de l'Eglise et de l'Académie de Genève.

[2] Act., c. 4.

[3] Math., c. 28, v. 19.

possédés de la manie athanasienne[1]. Tout le monde sait que *la manie* du grand et vertueux Athanase fut de défendre, avec un courage apostolique, le dogme de la divinité de Jésus-Christ contre les sectateurs de l'impie Arius. La calomnie la plus atroce, les privations de l'exil, les persécutions les plus injustes et les plus dures, ne furent pas capables d'ébranler son intrépide fermeté; et, à l'exemple des apôtres, il s'estima heureux d'être jugé digne de souffrir pour Jésus-Christ. *La manie* d'Athanase fut *la manie* des martyrs qui, pendant trois siècles, versèrent leur sang pour sceller la foi du mystère de l'Homme-Dieu ressuscité.

« Genève jouissait, depuis près d'un siècle, du calme
« religieux, dit M. le modérateur du vénérable Consis-
« toire[2]; elle pouvait hardiment soumettre sa croyance
« à l'examen de la raison, séparer les vérités fondamen-
« tales, incontestablement enseignées dans l'Evangile, de
« celles qui, par leur nature et la diversité des intelli-
« gences, ne sont pas d'une égale importance; elle pou-
« vait, en s'attachant fortement aux unes, suspendre son
« jugement sur les autres, attendre que de nouvelles lu-
« mières lui permissent de prononcer avec plus de matu-
« rité. Mais cet heureux privilége, elle le possédait com-
« me a l'insu des autres Eglises; contente de jouir de la
« paix, elle n'aspirait point à paraître avoir secoué un
« joug auquel, partout ailleurs, on était encore trop as-
« servi pour qu'elle pût espérer de faire goûter ses prin-
« cipes. Cependant on l'accuse de s'écarter de la doctrine
« reçue, de mettre moins d'importance à certains dogmes

---

[1] Expressions de M. le pasteur Chenevière.
[2] Discours prononcé au Consistoire de l'Eglise de Genève, le 14 janvier 1819, par M. de Fernex, pasteur.

« qui, dans d'autres temps, avaient beaucoup agité les
« esprits; on la presse de répondre : elle hésite, elle craint
« d'engager des querelles; on insiste, et, quoique déci-
« dée à demeurer fidèle au silence que les circonstances
« et l'autorité des chefs de l'état lui imposaient, elle
« laisse, en quelque sorte, échapper son secret, qui, ré-
« vélé à certaines époques, eût révolté les esprits, et à
« d'autres, n'eût fait aucune sensation ; mais qui, dans la
« fermentation religieuse qu'on remarque partout, avec
« l'accroissement et le développement des lumières, peut
« produire des effets utiles. »

Un aveu si étrange était trop remarquable pour n'être
pas saisi par les hommes attentifs à observer les progrès
de la vénérable Compagnie vers le déisme ; aussi ne tarda-
t-il pas à être signalé à l'Europe chrétienne. Il fut com-
menté par un journal français avec une logique de raisonnement dont on ne peut contester la justesse. « Il faut
« avouer, disait le rédacteur de cet article, que ce pas-
« sage donne lieu à de singulières réflexions. M. le prési-
« dent du Consistoire a toute raison de parler de la *har-
« diesse* d'une Eglise qui se félicite d'un pareil *privilége*,
« qui arrange ainsi sa croyance *à l'insu des autres Eglises*,
« qui *suspend son jugement* sur certaines *vérités* pendant
« près d'un siècle, et qui, non contente *des lumières* de
« l'Evangile, en attend tranquillement de *nouvelles* ; qui
« *secoue le joug*, d'abord avec timidité et sans vouloir
« encore *paraître* ; qui *hésite* à répondre courageusement
« quand on l'interroge sur sa foi, qui a un *secret*, qui
« le laisse *échapper* comme malgré elle, et qui convient
« qu'autrefois *il eût révolté les esprits*. Ainsi, depuis
« 60 ans, l'Eglise de Genève était conduite secrètement par
« les pasteurs vers un but qu'ils n'annonçaient pas, de

« peur de *révolter les esprits* ; ils préparaient leur ou-
« vrage en silence, et attendaient le moment de *faire*
« *goûter leurs principes*, et d'engager les autres à *secouer*
« *aussi le joug*. Que dire de ce manége et de ces artifices,
« et de quoi faut-il plus s'étonner, ou de l'astuce hypocrite
« qui les a mis en usage, ou de l'impudence qui les
« avoue et qui s'en fait honneur ? Combien *elle est loyale*,
« *franche et chrétienne*, cette marche de pasteurs qui
« travaillent sourdement à changer la foi de leur trou-
« peau, qui ne veulent dire ni ce qu'ils croient, ni ce
« qu'ils ne croient pas ; qui ont eu pendant soixante-dix
« ans un *secret* ; qui en ont peut-être encore un ; et quel
« fond faire sur la déclaration de gens si mystérieux, si
« équivoques, si *doubles*, qu'on nous permette le mot,
« si habiles à tromper et à séduire ? Protestans de Genève,
« voilà vos guides ; protestans de France, voilà les doc-
« teurs dont vous recherchez l'enseignement et les con-
« seils, et que vous chargez de vous former des pasteurs
« et des maîtres ! quelle doctrine vos jeunes candidats du
« ministère iront-ils puiser à cette école de dissimulation
« et de ruses, et quelles lumières avez-vous à attendre de
« cette Compagnie qui sait *suspendre son jugement* sur
« *quelques vérités*, *secouer le joug* sur d'autres points, et
« qui s'en vante ? »

Les confidences, faites en plein Consistoire, par M. le
modérateur, étaient en effet étranges ; et il est étonnant
qu'elles n'aient pas servi à ouvrir les yeux aux personnes
abusées, qui se persuadaient que l'on calomniait les opinions de la vénérable Compagnie, en l'accusant de s'être
jetée dans les voies du socinianisme et du déisme. « Avons-
« nous bien entendu, s'écrie à ce sujet un homme fidèle

« aux anciennes doctrines[1] ; avons-nous bien lu ? L'E-
« glise de Genève faisant des progrès *à l'insu des autres*
« *Eglises* ! l'Eglise de Genève secouant, *sans vouloir pa-*
« *raître*, *un joug* qu'on gardait partout ailleurs ! et ap-
« pelant un joug la profession des anciennes doctrines ! —
« Ses conducteurs *ayant un secret, et le laissant échap-*
« *per* comme malgré eux ! résolus par conséquent, s'ils
« l'avaient pu, *à aller encore plus loin !* — Un secret qui,
« *révélé à certaines époques, eût révolté les esprits !...*

« Ainsi, à tel moment donné, l'Eglise de Genève était
« conduite en secret par ses pasteurs, de telle manière, et
« vers un tel but, que si elle l'eût su, *elle en aurait été*
« *révoltée !..*

« Voilà, ô mes compatriotes ! comme on vous condui-
« sait ; voilà comme l'Eglise était menée jusqu'au 14 jan-
« vier de l'année présente !

« Certes, mes collègues, il faut avouer que vous êtes
« tombés là dans un étrange et profond égarement. Com-
« ment avez-vous pu oublier à ce point les devoirs et les
« attributions de votre état ? Ne savez-vous plus que *mi-*
« *nistre* veut dire *serviteur ?* que les pasteurs sont prépo-
« sés sur l'Eglise, non pour la dominer, mais pour la soi-
« gner ; non pour y changer la doctrine, mais pour y prê-
« cher celle que l'Eglise professe ; non pour la mener sur
« les pâturages de leur choix, mais pour la paître sur ceux
« qu'elle a voulus.

« La marche décrite dans le passage cité, comme ayant
« été votre marche générale, n'est point celle de l'Evan-
« gile et de la vérité. Ces progrès, qu'on prétend avoir fait

---

[1] *Genève religieuse*, en mars 1819, par M. Bost, ministre du Saint
Evangile.

« faire à l'Eglise de Genève dans les lumières philosophi-
« ques, se sont faits à la manière des philosophes ; ces lu-
« mières elles-mêmes ont été amenées précisément comme
« celles des Voltaire, des Diderot et des Raynal,... peu à
« peu, en silence, sans franchise. Oh ! Seigneur, par
« quelle époque ton Eglise avait-elle passé !

« Voilà les routes cachées par lesquelles on conduisait
« depuis long-temps la grande Eglise de Genève ; nous en
« entendons échapper le secret de la bouche même d'un
« pasteur. Et, pour récapituler tout ce que nous venons
« de dire, on suivait de mauvaises voies pour arriver à de
« mauvaises fins. On désirait ouvrir la porte à la plus en-
« tière liberté d'opinions en matières religieuses, tout en
« conservant à chacun sa place dans le sein de l'Eglise, et
« il s'agissait d'établir le principe, que l'abolition de toute
« confession de foi est un bien...

« Je ne sais pourquoi on s'est donné tant de peine pour
« prouver qu'un grand nombre des pasteurs et des pro-
« fesseurs de Genève ont embrassé, depuis long-temps,
« les principes de l'Arianisme et du Pélagianisme, et que
« plusieurs autres nagent, les uns moins, les autres plus,
« dans les différentes nuances du Socinianisme : ils en
« conviennent eux-mêmes. Ils rejettent le nom, il est
« vrai ; mais qu'importe, s'ils ont la chose? »

7° Dans la séance du 14 janvier 1819, où M. le Pasteur
de Fernex prononça le discours qui a donné lieu à ces
réflexions, discours qui fut ensuite rendu public par la
voie de l'impression, la vénérable Compagnie arbora le
drapeau d'un christianisme rationnel : elle répudia toutes
les anciennes confessions de foi, et constitua ainsi chaque
individu juge et maître de sa propre croyance. « L'habi-
« tude et les préjugés, dit le Pasteur philosophe, feront

« sans doute encore long-temps trouver aux confessions
« de foi des apologistes ; mais il est impossible que tôt
« ou tard on ne reconnaisse qu'elles sont essentiellement
« contraires à l'esprit de la réforme. Déjà, l'Eglise qui,
« la première de toute la Suisse, admit la réformation ,
« l'Eglise de Zurich, si distinguée par sa piété et par ses
« lumières, les a laissées, depuis près d'un demi-siècle,
« tomber en désuétude. Déjà plusieurs autres cantons
« évangéliques en ont aussi secoué le joug. Déjà l'Eglise
« de Berne a fort adouci, en 1816, l'engagement qu'elle
« exige des aspirans au saint Ministère. Déjà, dans plu-
« sieurs Eglises d'Allemagne, on n'envisage plus les
« confessions de foi que comme des formules sans consé-
« quence, qu'on ne se pique point d'observer à la lettre,
« et qu'on ne conserve que par un reste d'habitude. Déjà
« l'on n'en présente plus aux Pasteurs dans un grand
« nombre d'Eglises de France. Il est donc impossible, je
« le répète, qu'on ne reconnaisse, tôt ou tard, dans tous
« les pays réformés, la nécessité de rendre à tous les
« Chrétiens la liberté d'examen et de conscience qui leur
« appartient. »

Deux Pasteurs, seulement, hommes estimables par
leur conduite, comme par leurs lumières, élevèrent la voix
contre cette innovation déplorable ; ils en signalèrent les
dangers, et, dans le but d'apporter quelques remèdes au
mal, ils essayèrent de rallier les croyans en faisant réim-
primer la confession de foi des Eglises de la Suisse. Les
deux éditeurs, M. Cellérier père, et M. Gaussen, son
successeur dans l'Eglise de Satigny, placèrent à la tête du
formulaire *quelques réflexions sur la nature, le légitime
usage et la nécessité des confessions de foi*, dont je re-
trace ici l'aperçu.

« L'Eglise de Genève, en particulier, fit sa confession
« de foi en 1536, et trente ans après, elle adopta, de con-
« cert avec toutes les Eglises des cantons évangéliques,
« celle dont nous offrons au public une édition nou-
« velle. D'ailleurs, jusqu'aux derniers temps de la répu-
« blique, et conformément aux ordonnances, elle a sou-
« mis tous ses ministres à l'obligation de professer la *doc-*
« *trine dont nous avons un sommaire dans le catéchisme*
« *de Calvin.*

« On s'élève surtout contre ces formulaires, en récla-
« mant, pour chaque membre de l'Eglise, une entière
« liberté dans l'explication de l'Ecriture.

« Ce droit est, sans doute, l'un des principes fonda-
« mentaux de la réforme ; mais c'est précisément à cause
« de cette liberté même qu'il est nécessaire, à chaque
« Eglise, de dresser un formulaire de sa croyance, et
« d'avertir ainsi ceux qui la voudront servir, de la doc-
« trine qu'elle reçoit et qu'elle veut faire enseigner.

« Quoi ! dit à ce sujet l'un de nos docteurs les plus
« célèbres, on se persuadera que dans nos Eglises il n'y
« a rien de fixe, rien de reconnu, que chacun peut croire
« à sa manière, et qu'il suffit en quelque sorte, de ne
« pas être catholique romain pour être un bon réformé !
« serait-ce alors une religion ?...... D'où il conclut qu'il
« est absolument nécessaire de mettre un frein à cette
« liberté illimitée d'opinions, et d'établir une salutaire
« uniformité de doctrine, au moyen d'un sage formulai-
« re, aussi court qu'il serait possible, où néanmoins on
« ferait entrer toutes les matières controversées, sur les-
« quelles on ne doit pas garder un silence timide et tou-
« jours suspect.

« L'oubli de ces principes sera toujours fatal, et les

« Églises sans confession de foi, comme les gouverne-
« mens sans constitution, seront nécessairement exposées
« à l'un des deux excès que nous allons signaler.

« 1° Et d'abord, laisse-t-on chaque docteur libre dans
« l'exposition de ses principes, et chaque ministre dans la
« prédication de sa croyance? Néglige-t-on, dans l'élec-
« tion des docteurs, la considération la plus importante,
« celle de leur foi; cesse-t-on de mettre en pratique dans
« l'Église l'ordre qu'il nous est donné, de maintenir la
« sainte doctrine et de repousser l'hérésie? Quelle confu-
« sion ne verra-t-on pas!

« Confusion entre les prédicateurs qui se trouveront
« publiquement dans une contradiction vraiment affreu-
« se. Confusion entre les docteurs qui, s'attaquant mu-
« tuellement, enseigneront, l'un l'ancienne foi, l'autre
« la foi nouvelle. Confusion entre les divers membres
« du troupeau qui, se disant disciples, *l'un de Paul, l'au-*
« *tre d'Apollon, et l'autre de Christ*, flotteront à tout
« vent de doctrine. Confusion entre l'Eglise et les chefs
« de l'Etat qui, s'étant engagés à la protéger en tant
« qu'elle se faisait reconnaître par des symboles, ne
« sauront à quel parti prêter leur appui lorsque les sym-
« boles n'existeront plus. Confusion enfin entre cette
« Eglise et celles qui, mieux constituées, ne sauront
« comment conserver une véritable union avec une So-
« ciété religieuse, où l'on ne veut entendre parler d'au-
« cune autre explication de l'Ecriture, que de celle que
« chaque tête se fait pour aujourd'hui, et peut-être en-
« core pour demain.

« Alors, quelle déplorable anarchie! alors, quelle per-
« plexité, quel scandale pour les consciences! alors, que
« deviendra l'Eglise de Christ? que deviendra le pauvre

« peuple , *errant et dispersé comme des brebis qui n'ont*
« *point de pasteurs ?* Et s'il règne dans une pareille Égli-
« se quelque paix extérieure , ne sera-ce pas la paix des
« tombeaux? Ne faudra-t-il pas que les âmes y soient li-
« vrées à cette indifférence pour le dogme qui fut tou-
« jours la ruine de toute piété et de toute bonne mo-
« rale? »

La voix des pasteurs de Satigny retentit dans le désert :
il n'y eut écho au sein de la vénérable Compagnie que
pour celle de l'homme qui , depuis plusieurs années , s'é-
tait félicité lui-même *d'avoir repoussé de toutes ses for-*
ces la manie athanasienne. Dès ce moment, M. Chenevière ne garda plus aucune réserve dans la manifestation
de son système et de ses vues. Il publia dans les journaux
une lettre [1] pour déclarer que : *quand on ouvre un passa-*
ge , on le fait large et clair , si l'on veut qu'il soit fré-
quenté. Le contenu de cette lettre ne fut désavoué par
aucun de ses collègues: elle n'était que le prélude des
Essais théologiques qu'il publia en 1831 , et dans lesquels
il *prit ses coudées franches.* Il attaqua ouvertement le
mystère de la Ste. Trinité , la divinité de Jésus-Christ , la
doctrine du péché originel [2]. Un déiste ne tiendrait pas
un autre langage sur ces hautes vérités , objets de la foi
et de la vénération de tous les peuples chrétiens. Votre
silence , dans cette circonstance si grave , vous constitue
complices de la prévarication du professeur *que vous*
avez nommé , et que vous conservez , malgré ses écarts
notoires et publics. *Ses essais théologiques* sont deve-

[1] *Courrier du Léman ,* 24 janvier 1827.

[2] Du Système théologique de la Trinité , 1er essai. — Du Péché originel , ou de la Dépravation héréditaire dans l'homme , 2e essai ; par M.
Chenevière , pasteur et professeur à Genève.

nus, vous le savez, le manuel des étudians qui, dans quelques années, seront appelés à vous succéder et à exercer les fonctions du ministère.

Quelle perspective alarmante sur les destinées de la religion dans votre patrie! quelle humiliation pour le corps enseignant, vénérables Frères, d'être restés muets, tandis que les blasphèmes de l'impiété, sortis de la chaire de théologie, retentissaient à vos oreilles! Il ne s'est trouvé dans la cité qu'un petit nombre d'hommes consciencieux et zélés [1], qui se sont levés pour rendre témoignage aux croyances chrétiennes de l'Eglise de Genève. Ils n'ont pas hésité à dénoncer aux magistrats la conspiration flagrante contre le Seigneur et contre son Christ.

« Quel que soit le point de vue sous lequel on considè« re les circonstances actuelles de notre Eglise, disent « ces religieux citoyens, il est universellement reconnu « que la doctrine y a subi les plus notables changemens, « dans le cours, et surtout vers la fin du siècle der« nier.... L'on abandonna des vérités long-temps véné« rées : l'on embrassa des doctrines nouvelles..... Le mal « qui existait dès long-temps dans notre Eglise, et qui « s'était déjà souvent manifesté, s'est révélé cette an-

[1] Les membres du comité évangélique sont : *président*, L. G. Cramer, député au conseil représentatif; — *vice-président*, A. J. L. Galland, ancien pasteur de l'Eglise française de Berne; — *secrétaire*, P. Gaussen, député au conseil représentatif; — *trésorier*, Ch. Gautier, député au conseil représentatif; — A. G. Vieusseux, député au conseil représentatif; — S. R. L. Gaussen, pasteur de Satigny; — P. Vaucher, ancien membre du comité de la Société biblique, britannique et étrangère, à Londres; — J. H. Merle d'Aubigné, ancien pasteur et président du Consistoire de l'Eglise protestante de Bruxelles; — H. Tronchin, lieutenant-colonel de l'artillerie fédérale; — Ch. de Loriol.

Membres externes. — A. Nicole, Docteur en droit et membre du grand conseil du canton de Vaud; — L. Perrot de Pourtalès.

« née [1], avec une plus grande évidence. Des écrits, éma-
« nés récemment de la chaire de dogme de Genève, com-
« battent la divinité de Notre-Seigneur et Sauveur J.-C.,
« la chute et la corruption naturelle de l'homme [2]. »

Le comité de la Société évangélique ne se borna pas à une stérile protestation ; il créa une école de théologie, destinée à rétablir l'enseignement des principes fonda-mentaux du Christianisme, et, à cette fin, il institua quatre chaires [3]. La création de cette école fut annoncée à toutes les églises de la chrétienté protestante.

La vénérable Compagnie, humiliée et courroucée de se voir *mise au ban* de toutes les églises réformées de la chrétienté, dénonça au Consistoire les trois pasteurs [4] qui avaient signé la *communication respectueuse*, adressée au Conseil d'état : elle demanda que M. Gaussen fût destitué de ses fonctions de pasteur de Satigny, et que la prédica-tion, dans les temples et les chapelles du canton, lui fût interdite, ainsi qu'à ses deux confrères [5].

[1] 1831.

[2] Communication respectueuse à MM. les Syndics et Conseillers d'é-tat de la république de Genève, et aux citoyens protestans de ce canton, sur l'établissement d'une école de théologie évangélique dans l'Eglise de Genève.

[3] 1° *Théologie exégétique* : soit interprétation de l'Ancien et du Nou-veau Testament, introduction, critique sacrée, herméneutique.

2° *Théologie historique* : soit histoire de l'Eglise, histoire des dogmes, statistique de l'Eglise, archéologie biblique, antiquités chrétiennes, pa-triotique.

3° *Théologie systématique* : soit dogmatique, morale, apologétique, encyclopédie des sciences théologiques.

4° *Théologie pratique* : soit gouvernement de l'Eglise, service de l'Eglise (ou homilétique, catéchétique et Prudence pastorale).

[4] MM. Galland, Gaussen, Merle-d'Aubigné.

[5] Arrêté de la Compagnie des pasteurs, du 30 septembre 1831.

Le Consistoire accueillit les conclusions de la compagnie des pasteurs, et prononça la destitution de M. Gaussen et l'interdiction des deux autres [1].

Le Conseil d'état sanctionna l'excommunication portée par les deux autorités ecclésiastiques [2].

M. Gaussen, qui avait été cité et interrogé par le Consistoire et par des commissaires du gouvernement, adressa au Conseil d'état un Mémoire [3] justificatif, pour réclamer contre la marche suivie dans la procédure et contre le jugement que l'on préparait. Cette pièce est remarquable par la logique, par la dignité, par la modération et la fermeté qui y règnent. Il rappelle dans ce Mémoire l'importance du dogme de la divinité de Jésus-Christ. « La divi- « nité de Jésus-Christ, dit-il, est la doctrine fondamen- « tale de toutes les communions chétiennes ; elle y est *la* « *colonne et l'appui de toute vérité*; elle y est le lien qui « unit, dans la religion de Jésus-Christ, le ciel avec la « terre, qui illumine toute la doctrine chrétienne, qui la « vivifie, qui la rend puissante. Avec cette vérité, toute « la religion s'éclaire, tous les dogmes se lient, toutes « les vérités vivent; sans elle, tous les dogmes s'obscur- « cissent, ils se détachent les uns des autres, ils perdent « leur vertu, ils se dessèchent, et vous les voyez successi- « vement tomber de la profession d'une église.

« Qu'on ouvre la Bible, que l'on consulte l'histoire, « que l'on déroule la carte du monde, partout vous en- « tendrez le même langage : la Bible, l'histoire, le mon- « de vous diront également que le Christianisme naît avec

[1] Arrêté du 11 octobre 1831.

[2] Arrêté du 30 novembre 1831.

[3] Sous date du 29 novembre 1831. Ce mémoire est accompagné des pièces justificatives.

« ce dogme, vit par ce dogme, et s'éteint sans ce dogme.

« Maintenant, Messieurs, conclut M. le pasteur Gaus-
« sen, si cette vérité sur laquelle tout le Christianisme re-
« pose, est publiquement renversée dans les chaires mê-
« mes que nos pères fondèrent pour l'établir, si les
« élèves qui se préparent à conduire bientôt toutes les
« églises de notre patrie, et si tout ces étudians français
« qu'attirent à Genève des bourses données jadis par l'or-
« thodoxie, et dans un but si différent ; si tous ces jeunes
« hommes sont obligés d'y subir l'enseignement des doc-
« trines unitaires, pour en aller porter ensuite eux-
« mêmes d'églises en églises la tradition funeste, alors
« que deviendrons-nous et que faut-il faire ?....

« Si les fontaines, qui répandent leurs eaux dans toutes
« les parties de notre cité, venaient tout d'un coup à ver-
« ser une onde malsaine ; et si l'on s'assurait que les ré-
« servoirs dont elles descendent, renferment dans leur
« sein quelque poison, un cri général ne s'élèverait-il pas
« de toutes nos demeures ? et le plus humble citoyen at-
« tendrait-il, pour élever sa voix, que nos autorités eus-
« sent fait entendre la leur ? Si donc l'enseignement de
« la religion de Jésus-Christ est altéré chez nous dans ses
« sources, n'est-ce pas un droit, et n'est-ce pas un devoir,
« pour le plus humble fidèle, d'aller s'ouvrir des fontaines
« plus pures, d'avertir tous ses frères, et de les inviter
« avec les instances de la charité à venir s'abreuver de
« l'eau vivante qui jaillit en vie éternelle [1] ? »

Vous avez interdit, vénérables Frères, la chaire évangélique aux ministres fidèles, tandis que vous couronniez
ceux dont les lèvres ont blasphémé ! Quel sujet de pénibles
réflexions ! A qui vous comparerai-je, sinon aux arbres

[1] Pages 51, 57, 59.

d'automne, dépouillés de leurs feuilles? je ne dis pas assez; ces arbres conservent au moins une sève vitale et le germe de la fécondité pour le retour du printemps. Vous n'offrez plus aux yeux de toutes les églises chrétiennes que le triste et humiliant spectacle des *ouvriers de Babel*, arrêtés dans leur entreprise insensée, et réduits à se disperser par suite de la confusion des langues. Vous vous félicitez encore d'être appelés l'Eglise *nationale*, c'est-à-dire l'Eglise *salariée!* Semblables aux Israélites prévaricateurs, vous dansez autour du veau d'or, et vous oubliez, ou vous dédaignez la menace du Sauveur, qui nous a annoncé qu'un *royaume divisé contre lui-même ne peut subsister long-temps.* Hâtez-vous, vénérables Frères, de revenir aux principes religieux et de les faire revivre au milieu de votre troupeau. Ce n'est qu'à ce prix que vous vous rendrez dignes de l'estime et de la confiance des amis de la patrie, et que vous rentrerez en communion avec les autres églises chrétiennes, que votre défection a si vivement contristées.

Délibéré en notre Conseil, en l'assistance de nos vénérables et bien-aimés Frères, soussignés le vingt février 1835, aux grottes du Tartare.

GUILLAUME FAREL.
ANTOINE FROMENT.
PIERRE VIRET.
ANTOINE SAUNIER.
THÉODORE de BÈZE.
JEAN CALVIN, *réformateur de Genève.*

GENÈVE. — Imprim. maison Picot, à la Fusterie.